Gilbert Adair

Träumer

Aus dem Englischen von Thomas Schlachter

Edition Epoca

Titel der englischen Originalausgabe
»The Dreamers«
© Copyright by Gilbert Adair 2003
»The Dreamers« ist eine überarbeitete Fassung des 1988
erschienenen Romans »The Holy Innocents«.

1. Auflage, August 2003
© Copyright by Edition Epoca AG
Alle deutschsprachigen Rechte vorbehalten

Gestaltung und Umschlag: Tatiana Wagenbach-Stephan,
Die Buchherstellung, Zürich
Umschlagbild: Titelbild aus Bernardo Bertoluccis »The Dreamers«,
© by Recorded Picture Company
Druck und Bindung: fgb · freiburger graphische betriebe
ISBN 3-905513-31-5

für Michael, Eva und Louis –
andere Schauspieler wären Falschspieler gewesen

Die Cinémathèque Française liegt im 16. Arrondissement von Paris, zwischen der Esplanade du Trocadéro und der Avenue Albert-de-Mun. Die mussolinische Monumentalität des Palais de Chaillot, in dem sie untergebracht ist, beeindruckt den Filmfreund beim ersten Besuch so sehr, daß er sich hocherfreut in einem Land wähnt, welches ausgerechnet jene Kunstform auf Händen trägt, die sonst am stiefmütterlichsten behandelt wird. Und so erklärt sich auch seine Ernüchterung, wenn er bei genauerem Hinsehen feststellen muß, daß die eigentliche Cinémathèque lediglich einen kleinen Flügel des Gebäudes einnimmt, in den man, auf geradezu verstohlenem Weg, durch einen auf den ersten Blick nicht sichtbaren Kellereingang gelangt.

Diesen Eingang erreicht man entweder über die Esplanade, ein verzaubertes Plateau, auf dem sich Liebespaare, Gitarrenspieler, Rollschuhläufer, schwarze Souvenirverkäufer sowie kleine Mädchen in karierten Röcken mit ihren englischen oder portugiesischen Kindermädchen tummeln; oder über einen gewundenen Pfad, der parallel zur Avenue Albert-de-Mun verläuft und zwischen beleuchteten Büschen einen Blick auf den schmiedeeisernen Fudschijama des Eiffelturms freigibt. Doch auf welchem Weg man auch hingelangt, am Ende steigt man über eine Treppe hinunter ins Foyer der Cinémathèque, dessen einschüchternde Strenge durch eine Dauerausstellung gemildert wird, in der sich Kinetoskope,

Praxinoskope, Dioramen, Laternae Magicae und andere entzückende und naive Relikte der filmischen Frühgeschichte finden.

Es gab eine Zeit, da fielen die Filmfreunde dreimal pro Abend in den Park ein – um halb sieben, halb neun und halb elf.

Die wahren Fanatiker aber, jene sogenannten *rats de Cinémathèque,* die um halb sieben in die erste Vorstellung kamen und selten vor Mitternacht nach Hause gingen, machten sich nicht mit den weniger besessenen Besuchern gemein, für die das Chaillot kaum mehr bedeutete als ein preiswertes Abendvergnügen. Der hier in der vordersten Reihe des Parketts praktizierte Filmkult entsprach vielmehr dem Zeremoniell eines Geheimbunds, einer Kamarilla, einer Freimaurerloge. Diese vorderste Reihe blieb ausschließlich den *rats* vorbehalten, deren Sitze man im Grunde mit ihren Namen hätte versehen können, so wie man früher die Namen von Hollywood-Regisseuren in Schablonenschrift auf die Rückenlehnen ihrer Klappstühle malte, wobei das *Mr. Ford* oder *Mr. Capra* stets von der Schulter und dem Oberarm des Betreffenden halb verdeckt wurde, der dem Fotografen gerade sein lächelndes, sonnengebräuntes Antlitz zuwandte.

Was waren diese *rats,* diese Fanatiker, diese nachtaktiven Wesen anderes als Vampir-Fledermäuse, die sich in den Mantel ihres eigenen Schattens hüllten?

Der Leinwand so nahe sein wollten sie, weil es ihnen unerträglich gewesen wäre, die Bilder eines Films nicht als erste zu empfangen, bevor diese die Hürden der hinteren Ränge genommen hatten und von Reihe zu Reihe, von Zuschauer zu Zuschauer, von Auge zu Auge weitergereicht worden waren, bis sie – befleckt, abgegriffen, geschrumpft auf das Format einer Briefmarke und ignoriert von den schmusenden Liebespaaren in der letzten Reihe – erleichtert an ihren Ausgangspunkt im Vorführraum zurückkehrten.

Außerdem war die Leinwand tatsächlich eine Wand. Sie schirmte die *rats* von der Welt ab.

»Hast du den King gesehen?«

Das Frühjahr mit seinen Krokus- und Veilchenbüscheln, die aus dem Nirgendwo sprossen wie der Papierblumenstrauß eines Zauberers, hatte an diesem Abend im Park der Cinémathèque Einzug gehalten.

Es war zwanzig nach sechs. Drei Jugendliche traten aus dem Metroschacht auf die Place du Trocadéro und schlugen den parallel zur Avenue Albert-de-Mun verlaufenden Pfad ein. Die Frage war vom größten der drei gestellt worden. Er war schlank und muskulös, doch seine gebückte, schiefe Haltung wollte nicht ganz zum Körperbau passen. Unter den Flohmarktklamotten durfte man fein geschnittene Sprunggelenke und zarte Schulterblätter vermuten, schmal wie Haifischflossen. Seine Kleider aber – eine geflickte Cordjacke, Jeans, deren Bügelfalten unterhalb der Knie in ein ausgebeultes Nichts ausliefen, sowie Ledersandalen – trug er mit jener genialen Attitüde, die Stendhal einst einer aus ihrer Kutsche steigenden Dame angedichtet hatte. Er hieß Théo und war siebzehn.

Seine Schwester Isabelle war eineinhalb Stunden jünger als er. Sie trug einen Glockenhut und eine mattweiße Fuchsboa, die sie etwa alle fünf Minuten so nonchalant über die Schulter warf wie ein Preisboxer sein Handtuch.

Doch vom Typus jener schafsköpfigen Fräuleins, für die derartige Accessoires eine Mode darstellen, war sie genauso weit entfernt wie eine Leichtathletin von einer anderen, mit der sie Schulter an Schulter zu rennen scheint, obwohl sie sie tatsächlich gerade überrundet. Seit ihrer Kindheit hatte sie nie etwas Neues getragen – sie war mit einem Wort dem Vergnügen eines kleinen Mädchens nie ganz entwachsen, das die Garderobe der Großmutter anprobiert. Sie war in diese Kleider hineingewachsen und hatte sie zu ihren eigenen gemacht.

Die schafsköpfigen Fräuleins starrten sie an und fragten sich, wie sie es nur mache. Ihr Geheimnis war: *Sie machte es nicht mit Spiegeln.* Hochmütig pflegte Isabelle zu sagen: »Es ist ordinär, sich im Spiegel zu betrachten. Ein Spiegel ist zum Betrachten der anderen da.«

Doch nicht an seine Schwester, sondern an den jungen Mann, der neben ihr ging, richtete Théo seine Frage. Zwar war Matthew mit seinen neunzehn Jahren der arithmetisch Älteste, doch rein äußerlich war er der Jüngste der drei. Er war ein zerbrechliches Fliegengewicht und hatte sich in seinem ganzen Leben noch nie rasiert. In den adretten Bluejeans, dem hautengen Pullover und den weißen Turnschuhen schien er auf Zehenspitzen zu gehen – ohne dies natürlich zu tun. Seine Fingernägel waren bis zum Fleisch abgekaut, und er hatte den Tick, mit seinem gedrungenen Zeigefinger gegen die Nasenspitze zu tippen.

Es war einmal ein Faun, der kam zu einem Bergsee,

konnte aber kein Wasser daraus trinken, da er sich immer wieder mit einer Drehung des Kopfes vergewissern muß- te, ob auch tatsächlich keine Gefahr in seiner Nähe lau- erte. Am Ende verdurstete er. Matthew hätte dieser Faun sein können. Selbst wenn er sich entspannt fühlte, warf er ständig mißtrauische Blicke nach allen Seiten.

Matthew war ein Amerikaner italienischer Herkunft und stammte aus San Diego. Zum erstenmal lebte er außerhalb seiner Heimat. In Paris, wo er Französisch stu- dierte, fühlte er sich so fehl am Platz wie ein Außerirdi- scher. Seine Freundschaft mit Théo und Isabelle, eine Freundschaft, die im weißen Leinwandschatten der Ciné- mathèque gereift war, betrachtete er als ein unverdientes Privileg, weshalb er auch Angst hatte, seine Freunde könnten irgendwann zur gleichen Erkenntnis gelangen.

Außerdem schreckte ihn die Vorstellung, daß er womöglich das Kleingedruckte ihrer Beziehung nicht gelesen hatte. Er vergaß dabei, daß wahre Freundschaft ein Vertrag ist, in dem es Kleingedrucktes nicht geben kann.

Der Einsame denkt immer nur an die Freundschaft, so wie der Verklemmte immer nur ans Fleischliche denkt. Wäre Matthew von einem Schutzengel ein Wunsch gewährt worden, so hätte er sich einen noch zu erfin- denden Apparat gewünscht, mit welchem sein Besitzer jederzeit in Erfahrung bringen konnte, wo sich seine Freunde gerade aufhielten und was sie gerade mit wem trieben. Er gehörte zu jenen Menschen, die spätnachts unter dem Fenster einer geliebten Person verharren und verzweifelt die Schatten zu enträtseln suchen, die über die Jalousie huschen.

Vor seiner Abreise nach Paris war sein bester Freund im heimatlichen San Diego ein Footballspieler gewesen, ein gutaussehender Bursche, dessen symmetrische Gesichtszüge durch eine gebrochene Nase verunstaltet wurden. Dieser beste Freund lud ihn einmal über Nacht zu sich nach Hause ein. Sein Zimmer bot einen äußerst schlampigen Anblick: Das Bett war mit schmutzigen T-Shirts und Unterhosen übersät. An der Wand hingen ein Poster von Bob Dylan und ein Collegewimpel. In einer Ecke lag ein Stapel Brettspiele. Aus der untersten Schublade einer Kommode zog er einen großen gelb-braunen Umschlag, dessen Inhalt er auf dem Teppich ausbreitete – pastellene Weichzeichneraufnahmen von jungen Männern aus Mode- und Sportzeitschriften, vorwiegend im Profil fotografiert und allesamt mehr oder weniger knapp bekleidet. Der verwirrte Matthew glaubte, sein Freund wolle ein Bekenntnis ablegen und erwarte das gleiche nun auch von ihm. Deshalb beichtete er, was ihm bisher überhaupt nicht bewußt gewesen war: daß auch er von männlicher Schönheit erregt wurde, von nackten Burschen mit sternartigen Brustwarzen.

Seinen besten Freund widerte diese unverlangte Enthüllung an; dessen Eltern hatten ihm nämlich zum achtzehnten Geburtstag eine Schönheitsoperation geschenkt. Was für Matthew nach Erotika ausgesehen hatte, entpuppte sich als eine Auswahl von Musternasen. Sein Herz pochte wild, als er mitten in der Nacht nach Hause schlich.

Nie wieder, so sagte er sich, würde er in eine solche Falle tappen. Glücklicherweise erwies sich die Tür, aus der er für einen Moment getreten war, als Drehtür. Da der Freund sein eigenes Geheimnis nicht lüften wollte, kam ihm auch kein Wort der Indiskretion über die Lippen.

Matthew begann zu onanieren – einmal täglich, hin und wieder zweimal. Um den Höhepunkt zu erreichen, beschwor er Bilder von langbeinigen Burschen herauf. Kurz vor dem Dammbruch zwang er sich, statt dessen an Mädchen zu denken. Diese abrupte Kehrtwendung ging ihm allmählich in Fleisch und Blut über. Wie Kinder, denen man Märchen vorliest, duldeten seine einsamen Orgasmen keinerlei Abweichung vom vorgegebenen Szenario und versandeten kläglich, falls er es versäumte, in Gipfelnähe den erwähnten Haken zu schlagen.

Es gibt zweierlei Feuer: das Feuer, das lodert, und das Feuer, das wärmt; das Feuer, das einen Waldbrand entfacht, und das Feuer, vor dem eine Katze friedlich eindöst. Ähnlich verhält es sich mit der Eigenliebe. Das Glied, das einem früher wie ein Weltwunder vorgekommen ist, wirkt plötzlich so hausbacken wie ein alter Filzschlappen. Matthew und sein Ich vermochten einander immer seltener zu erregen.

Um seinem Verlangen erneut auf die Sprünge zu helfen, machte er aus dem Fauxpas, der sein Herz so heftig hatte pochen lassen, ein System. Wie ein braver Katholik suchte er jede Woche die englische Kirche in der Avenue Hoche auf, um dort zu beichten.

Die Beichte wurde zu seinem Laster. Wenn er seine banalen Schmutzigkeiten eingestand, entflammte ihn das mehr, als es deren Ausübung je getan hatte. Die dumpfige Atmosphäre des Beichtstuhls verschaffte ihm fast jedesmal eine Erektion. Die dazu notwendige Reibung kam von der köstlichen Beklemmung, die er verspürte, wenn er die Fälle von »Selbstbefleckung« einzeln aufzählen mußte.

Denn es ist leichter, einen Mord zu beichten als die Sünde der Onanie. Ein Mörder findet stets Respekt und Gehör. Er verhilft dem Priester zum Glück.

Liebe Matthew Théo und Isabelle? In Wirklichkeit hatte er sich in eine Facette verliebt, die bei beiden zu gleichen Teilen vorhanden war und in der sie sich – obwohl keine eineiigen Zwillinge – glichen wie ein Ei dem anderen, eine Facette, die vom einen Gesicht zum anderen sprang, je nach Mienenspiel, Lichteinfall oder Neigung des Kopfes.

Natürlich sprach er mit keinem der beiden je über die Avenue Hoche. Eher wäre er gestorben, als daß er gebeichtet hätte, zur Beichte zu gehen.

»Hast du den King gesehen?«

»Ja, ich glaube schon.«

»Und?«

»Nichts Besonderes, soviel ich weiß. Dem Borzage kann er jedenfalls nicht das Wasser reichen.«

Unter »dem King« verstand Théo *Seventh Heaven*, ein Melodram aus den dreißiger Jahren, gedreht von einem Hollywood-Regisseur namens Henry King. Die gleiche Geschichte war bereits früher von Frank Borzage, einem anderen Regisseur, verfilmt worden, doch an diesem Abend stand die Fassung von King auf dem Programm. Im Monat März zeigte die Cinémathèque eine Retrospektive seines Werks.

Doch weshalb wollten die drei einen Film sehen, der laut Matthew nichts Besonderes war? Weil es ihnen genausowenig eingefallen wäre, ihn zu verpassen, wie es einem Zeitungsleser einfiele, sein Leibblatt abzubestellen, nur weil sich in einer Nummer lauter öde Artikel finden. Sie waren nicht hier, um zu urteilen, sondern verstanden sich als Freunde oder Gäste jener weißen Leinwand, die sich wie ein Botschaftsgebäude für etwa eineinhalb Stunden in amerikanisches Territorium verwandeln würde.

Auf dem Pfad, der zur Cinémathèque führte, ergingen sie sich in Fachsimpeleien – und ihr Fach hieß eben Film.

Das Gespräch der *rats* war unbeschreiblich. Selbst Matthew, für den solcherlei Vokabeln im Englischen Künstlern wie Michelangelo, Shakespeare oder Beethoven vorbehalten blieben, verfiel der cineastischen Verlockung, jeden halbwegs passablen Film als *sublime,* jeden darüber hinausgehenden als *chef-d'œuvre* zu bezeichnen. Doch die Art, wie ihm diese Wörter über die Lippen kamen, wirkte nicht besonders plausibel. Er war sich nicht sicher, ob man sie nur mit der ironischen Kneifzange von Gänsefüßchen anfassen durfte, wie ja auch ein Mensch, der selten auswärts ißt, angesichts der vor ihm liegenden Messer und Gabeln ins Zaudern gerät. Ihm blieb verborgen, daß nicht nur Devisen, sondern auch Wörter Wechselkursschwankungen unterliegen und *sublime* und *chef-d'œuvre* in der Cinémathèque längst zu überbewerteten Währungen geworden waren.

Nur wer Ideen von einer Sprache in die andere übersetzen muß, kennt solche Nuancen. Théo und Isabelle fiel die Diskrepanz gar nicht mehr auf, weshalb die Unbeschwertheit, mit der sie sich diese Superlative wie Federbälle zuspielten, in Matthews Ohren etwas buchstäblich Sublimes hatte.

Er fürchtete in seiner Verblendung, daß er den Anschluß verpasse, daß seine schale Begeisterung neben ihrer Schwärmerei wie eine kalte Dusche wirken könnte. Deshalb pflichtete er stets bei. Er machte sich das Beipflichten nachgerade zur Pflicht.

Falls sich Isabelle davon geschmeichelt fühlte, ließ sie es sich jedenfalls nicht anmerken.

Tatsächlich pflichtete er auch jetzt wieder einer Bemerkung bei, die sie kurz vor dem Kinoeingang gemacht hatte.

»Mein kleiner Matthew«, versetzte sie sogleich, »wenn zwei Menschen einander beipflichten, bedeutet das nur, daß einer überflüssig ist.«

Seine Miene umwölkte sich, doch er wußte, daß er ihr weiterhin beipflichten mußte. Lieber stümperte er in der siegreichen Mannschaft mit dem Ball herum, als daß er für die Verlierer ein Tor erzielt hätte.

»Das habe ich mir noch nie überlegt«, antwortete er hilflos, »aber du hast natürlich recht.«

Sie starrte ihn an. »Mein Gott, du bist unverbesserlich!«

»Hör auf, ihn zu hänseln«, fuhr Théo sie an. »Siehst du denn nicht, wie er das haßt?«

»Ach was! Gar nicht genug kriegen kann er davon! Er würde noch den Kakao saufen, durch den man ihn zieht.«

Auch Matthew starrte diese schreckliche junge Frau an, die er auf seine Art liebte.

»Ich weiß, du verachtest mich«, sagte er.

»Au contraire«, erwiderte sie, »ich finde dich furchtbar nett. Wir beide tun das. Du bist wirklich der netteste Mensch, den wir kennen. Stimmt's, Théo?«

»Nur nicht hinhören, Matthew«, sagte Théo. »Sie ist ein Miststück. Neben ihr kriegt keiner Luft.«

Soeben hatten sie den Park der Cinémathèque erreicht.

Auf den ersten Blick unterschied sich die vor ihnen liegende Szene in nichts von dem, was sich hier jeden Abend um diese Zeit abspielte. Aber nur auf den ersten Blick. Etwas hatte sich nämlich verändert. Die *rats* waren nicht am Fachsimpeln.

Mit einem flauen Gefühl im Magen schritt Théo den anderen voran auf das Tor der Cinémathèque zu. Es war verriegelt. Vom Vorhängeschloß hing in zwei Halbkreisen eine dicke Stahlkette, die an die protzigen Taschenuhren fetter Kapitalisten in sowjetischen Propagandafilmen erinnerte. In der Mitte war ein schief hängendes Pappschild mit der Aufschrift *Fermé* angebracht.

Théo schoß, immer zwei Stufen auf einmal nehmend, die Treppe hinunter und spähte durch die Gitterstäbe. Im Foyer brannte kein Licht. Die Kasse war verwaist, der nicht gekehrte Fußboden mit zerrissenen Eintrittskarten übersät. Und auch die Dioramen und Laternae Magicae mit ihren Papiermöwen, nackten Athleten und Kunstreiterinnen, die für alle Ewigkeit dazu verdammt waren, durch winzige Metallreifen zu springen, wurden ausnahmsweise in Ruhe gelassen.

Théo starrte vor sich hin, wie es wohl schon Newton

getan hatte, nachdem der Apfel – oder vielmehr Groschen – gefallen war. Ein Drogensüchtiger, dem man seinen Schuß verweigert, hätte kein entsetzteres Gesicht machen können.

»*Salut.*«

Théo fuhr herum.

Es war Jacques, einer der größten Fanatiker unter den *rats*. Seine ausgemergelten Züge erinnerten an einen läufigen Windhund. Mit dem schmutzigen langen Wildledermantel, der prall gefüllten Umhängetasche, den dreckverkrusteten Stiefeln, dem kokainweißen Antlitz und der widerlichen Haarmatte glich er einer Vogelscheuche, die von den Vögeln verscheucht worden war.

»*Salut,* Jacques.«

»Sag mal, Théo, du kannst mir nicht zufällig …«

Théo wußte, daß Jacques ihn um ein paar Francs anpumpen wollte, und schnitt ihm das Wort ab.

Es handelte sich um ein vertrautes Ritual, obschon Jacques kein normaler Bettler war. Jedes seiner Bittgesuche betraf einen »Zuschuß für den Schnitt meines Films«. Zwar hatte diesen Film nie jemand zu sehen bekommen, doch das wollte nicht allzuviel heißen, denn es sind schon Meisterwerke mit weniger Geld entstanden, als Jacques im Laufe der Jahre von seinen Filmfreunden zusammengeschnorrt hatte.

In jüngster Zeit tat er sich aber merklich schwerer. Einer der *rats*, dem bekannt war, daß Jacques regelmäßig die Abfalleimer an der Place du Trocadéro durchwühlte, hatte im Pigalle-Viertel ein Pornoheft gekauft und darin auf die anstößigste aller Abbildungen, direkt über der klaffenden Scham des Fotomodells, eine Sprechblase gemalt und mit krakeliger Hand *Bonjour, Jacques* hineingeschrieben. Auf dem Weg zur Halb-sieben-Uhr-Vorstellung der Cinémathèque deponierte er das Heft an einem Ort, wo Jacques es sich auf dem mitternächtlichen Heimweg bestimmt schnappen würde.

Seit jener Begebenheit, die wie am Schnürchen geklappt hatte, ließ sich Jacques nicht mehr in der ersten Reihe blicken und wechselte mit seinen vormaligen Freunden kaum noch ein Wort. Théo wußte, daß er der einzige war, der noch angebettelt wurde, doch er hegte zu diesem erbarmungswürdigen Wesen, das er aus besseren Zeiten kannte, noch immer Zuneigung.

Isabelle dagegen wollte nichts mit Jacques zu tun haben. Sie fand, er sei ungepflegt und rieche übel.

»Wenn Scheiße scheißen könnte«, sagte sie zu Théo, »dann würde das riechen wie dein Freund Jacques.«

Jacques hatte schockierende Nachrichten. Langlois war entlassen worden. Henri Langlois, der Gründer und Direktor der Cinémathèque, über den Cocteau einst gesagt hatte, er sei »der Drache, der unseren Schatz hütet«, war von de Gaulles Kulturminister André Malraux entlassen worden.

»Was meinst du mit *entlassen*?«

»Mehr weiß ich auch nicht«, antwortete Jacques, der noch immer darauf lauerte, den anderen anpumpen zu können. »Er ist weg – und die Cinémathèque bleibt bis auf weiteres geschlossen. Aber sag mal, Théo...«

»Warum sollte Malraux so was tun? Das ergibt doch keinen Sinn.«

»Die alte Leier: das Chaos, die Unordnung, der Größenwahn.«

Théo hatte das alles auch schon gehört. Angeblich bewahrte Langlois Büchsen mit Filmen in seiner Badewanne auf und hatte unersetzliche Klassiker verlegt. Im Krieg allerdings hatte er Filmkopien gerettet wie andere Leute Fallschirmjäger.

Er war ein exzentrischer Direktor. Unter dem Hüten eines Schatzes verstand er, daß man diesen herumreichte. Er führte gern Filme vor. Er war der Meinung, es tue ihnen gut, durch einen Projektor zu laufen. Darin unterschied er sich vom gewöhnlichen Archivar, der glaubt, die Projektion schade den Filmen. Ebensogut könnte man behaupten, das Lächeln schade einem Gesicht.

Und doch stimmt es: Die Projektion erzeugt genauso Falten wie das Lächeln. Langlois' Feinde warfen ihm einen allzu sorglosen Umgang mit dem kulturellen Erbe der Nation vor. Filme, so sagten sie, würden nicht länger in Badewannen aufbewahrt.

Théo, der nie Zeitung las, wollte nun unbedingt eine solche kaufen. Er mußte Genaueres in Erfahrung bringen. Mechanisch schaufelte er ein paar Münzen aus seiner Tasche und drückte sie Jacques unbesehen in die Hand. Angesichts der Neuigkeiten, die er gerade erfahren hatte, kam er sich vor, als zahlte er einen Informanten aus.

Isabelle beeindruckte die jüngste Entwicklung nicht besonders.

»Das glaube ich nicht«, verkündete sie mit der Entschiedenheit einer Hellseherin. »Da liegt todsicher ein Irrtum vor. Langlois wird wohl wegen irgendeines läppischen Verstoßes an die Kandare genommen. Morgen macht die Cinémathèque wieder auf. Vielleicht schon heute abend.«

Sie wirkte wie jemand, der einen Schuß hört und sich einredet, es handle sich bloß um die Fehlzündung eines Autos.

»Hör zu, Isa«, erwiderte Théo. »Nimm gefälligst deinen gräßlichen Fuchskadaver von den Ohren und hör mir ein einziges Mal zu. Ich sage dir, was Jacques mir gesagt hat.«

»Was weiß Jacques schon?«

»Er hat es von Victor Peplum« – Victor Peplum gehörte ebenfalls zu den *rats* und verdankte diesen Spitznamen seiner Schwäche für billige italienische Filmepen, in denen athletische Typen wie Maciste oder Herkules ihre obszönen Bizepse unter anmutigen Togen spielen ließen –, »und Peplum hat es von einem der Platzanweiser.«

»Wart's ab«, sagte Isabelle und tippte sich mit dem Zeigefinger an den Nasenflügel.

Inzwischen hatten sich die Filmfreunde in eines der Cafés an der Place du Trocadéro verzogen, wo sie *menthe à l'eau* tranken. Das Licht im Park war nun weich und harmonisch, und kein Lufthauch störte mehr den ebenmäßigen Schimmer. Das Gesträuch – eingehüllt in dieses Dämmerlicht, das von der *rive gauche* her regelmäßig von einem konzentrierteren Strahl, dem auf dem Eiffelturm wie ein Kreisel balancierenden Lichtkegel, durchbrochen wurde – hatte sich schemenhafte, fledermausartige Flügel wachsen lassen.

In der Nähe des Kinoeingangs saß ein junges Liebespaar, unpassend braungebrannt und in identischen grauen Dufflecoats und wollenen Schottenmützen, fest umschlungen auf einer Bank: siamesische Zwillinge, an den Lippen zusammengewachsen. Ohne jedes Interesse an der Welt, in der sich laut Volksmund alles um jene Liebe dreht, der sie huldigten, veränderten sie immer wieder die Position von Hals, Schultern und Armen und wirkten dabei wie Akrobaten, die zu einem dreifachen Salto ansetzten. So primitiv und ungeniert waren ihre Liebkosungen, daß sie von einem Anthropologen als Stammesritus hätten aufgefaßt werden können, als Paarungstanz zweier Dunkelhäutiger.

Matthew erschauerte. Angesichts ihrer kräftigen Gesichtsfarbe fühlte er sich kreidebleich.

»Und wie soll's nun weitergehen?«

Zunächst würden sie auf der Esplanade du Trocadéro die mitgebrachten Sandwiches verdrücken.

Auf dem Abhang zwischen der Esplanade und dem Uferdamm der Seine standen in regelmäßigen Abständen Coca-Cola-Flaschen, zwischen denen die Rollschuhläufer in rasendem Tempo Slalom fuhren. Verwegen beugten sie sich dabei nach hinten und stürzten einzig deshalb nicht in den Fluß, weil sie im letzten Moment mit einem eleganten Schnörkel abbremsten. Ein baumlanger, schlanker schwarzer Schuhputzer, dessen glänzende Haut eine erstklassige Reklame für sein Gewerbe abgegeben hätte und der ein dünnes blaues Unterhemd und ausgefranste Jeansshorts trug, hatte seine Putzkiste beiseite gestellt und sich ein Paar Rollschuhe angeschnallt, auf denen er einen majestätischen Kreis zu fahren begann, kerzengerade, die Arme waagrecht vom schönen Körper abstehend, in der Pose eines gekreuzigten schwarzen Jesus. Aus den Achselhöhlen des Kreuzes sprossen seidig schimmernde Haare.

Sie fanden einen geschützten Ort oberhalb dieses Schauplatzes, wo sie sich hinsetzten und mit baumelnden Beinen ihre Sandwiches aßen.

Schließlich ergriff Isabelle das Wort. Wie der Trappist sein Schweigegelübde, so schien sie ein Redegelübde abgelegt zu haben, denn sie gab laufend Kommentare über das Spektakel zu ihren Füßen ab. Sie spielte Gott.

Dreist starrte sie ein halbwüchsiges Mädchen mit olivfarbener Haut, murmelartigen braunen Augen und einem Anflug von Schnurrbart an und sagte: »Also, egal, wie ihr sie findet, und jedermanns Typ ist sie ja nun wirklich nicht, aber ich kann mir einfach nicht vorstellen, wie Gottes Schöpfung ohne mindestens ein solches Exemplar hätte auskommen sollen. Stimmt's?«

Oder über einen verträumten jungen Blondschopf mit einer randlosen Brille, die seinen sonst vielleicht allzu stechenden Blick leicht abmilderte: »Also ehrlich, dem hätte ich feinere Backenknochen gegeben« – das heißt: wenn ich Gott wäre –, »aber der Gesamteindruck ist gar nicht übel, wirklich gar nicht übel.«

Oder über dieses erstaunliche Paar, das an den Springbrunnen vorbeispazierte – zwei offensichtlich blinde Brüder, Albinos und eineiige Zwillinge Mitte dreißig, beide genau gleich gekleidet und mit weißen Stöcken in der Hand, die sie im Takt schlugen, links, rechts, links, rechts, als wären sie gut gedrillte Gardisten – »Mensch! Auf *so was* wäre ich nie gekommen!«

Es fing an zu regnen. Isabelle, der jedes »Wetter, das mich *berührt*«, gegen den Strich ging, bestand darauf, daß sie mit der Metro zurückfuhren, obwohl ihre beiden Begleiter lieber das Seineufer entlangflaniert wären.

Vor der Metrostation bei der Place de l'Odéon verabschiedete sich Matthew von seinen Freunden und schlenderte durchs Quartier Latin zurück in sein Hotel, das einerseits von Jeansläden und winzigen Programmkinos flankiert wurde (die sich von ihrer spartanischen, aus Bergman und Antonioni bestehenden Kost ganz gut nährten), andererseits von tunesischen *charcuteries,* wo man für zwei, drei Francs einen Lamm- oder Hammelkebab und ein klebriges Gebäckstück mit pappiger Honig- oder Zitronenfüllung bekam. Die Geräuschkulisse des Hinterhofs erinnerte an einen neorealistischen italienischen Film: Tanzkapellenmusik, Babygeschrei sowie *Für Elise*, geklimpert auf einem verstimmten Klavier.

Der Schlaf ist ein Geist, der wie die meisten Geister vom ganzen Brimborium der Séance abhängt: von verschleierten Lampen, zugezogenen Vorhängen, Geduld und Stille. Daneben hängt er aber auch von der Gutgläubigkeit des Schläfers ab, von seinem Vertrauen darauf, innerhalb weniger Minuten in eine selbst herbeigeführte Trance zu fallen, sofern er zuvor mit sich ins reine gekommen ist. Erst dann nämlich zeigt sich der Geist geneigt, das opake und erschreckende Ektoplasma der Träume auszuspucken.

Matthew mißtraute den okkulten Verlockungen des Schlafes. In dieser Nacht aber träumte er. In seinen Traum verirrte sich die Erinnerung an einen Vorfall während seines Londonaufenthalts vom vergangenen Jahr, als er unterwegs in die National Gallery gewesen war.

Von einer Verkehrsinsel am Trafalgar Square aus hatte er auf der anderen Straßenseite, direkt vor der National Gallery, einen jungen Mann (war's ein Amerikaner, ein Deutscher oder ein Schwede?) von beispielloser körperlicher Anmut erblickt, der darauf wartete, die Straße überqueren zu können. In Matthews Augen traten jene Tränen, die nur ein derart krasser Ausdruck von Schönheit überhaupt auslösen kann und die sich, wie unverträgliche Flüssigkeiten in einem Reagenzglas, niemals mit anderen, achtlos vergossenen mischen würden. Er ahnte nicht im entferntesten, was ihm bevorstand. Denn erst als sich der Junge an die Überquerung der Straße machte, gewahrte Matthew die Zuckungen seiner Gliedmaßen. Verkrüppelt durch ein neurologisches Leiden, bewegte er sich wie ein Slapstick-Komiker und warf die Knie beim Gehen wild auf die Seite.

Jählings vermengten sich in Matthews Augen die beiden unverträglichen Tränensorten. So tief war sein Mitleid mit diesem hinreißenden Ungeheuer, daß er vortreten wollte, um ihn an beiden Schultern zu fassen, auf die Stirn zu küssen und ihm zu befehlen, er solle aufrecht gehen. Daraufhin wäre Matthew in der Menge verschwunden, in der dann viele, denen das Wunder die Sprache verschlagen hätte, auf die Knie gefallen wären und gebetet hätten. Mit anderen Worten: Matthew litt unter einem Christuskomplex, einer nirgends nachgewiesenen, aber gleichwohl existierenden psychischen Kategorie.

Hier endete die Erinnerung und wurde vom Traum abgelöst.

In diesem sprang Matthew dem Jungen bei und verteidigte ihn gegen die johlenden Passanten. Laut schrie er: *Aber er hat doch das Herz auf dem rechten Fleck!* – was von den Passanten aber nur mit Gekreisch quittiert wurde: *Nein, er hat das Herz auf dem falschen Fleck! Er hat das Herz auf dem falschen Fleck!* Dann sah er, daß der Junge inzwischen auf der Nelson-Säule saß und die Leinwand der Cinémathèque wie eine große gelbe Quarantäneflagge schwang. Matthew begann die wankende Säule hochzuklettern. Aus der Tiefe bewarf ihn der Mob mit Steinen und wurde dabei von Théo und Isabelle mit wutverzerrten Gesichtern angefeuert. Er kam oben an. Unmittelbar hintereinander verwandelte sich der Bursche in Nelson, Napoleon und zurück in sich selbst. Auf der Leinwand erschien das Markenzeichen der Paramount Pictures, ein schneebedeckter, von einem Sternenkranz gekrönter Berg. Dann ertönte ein Schuß, und Matthew und der Junge schwebten in taumelnder, langgezogener Fahrt zum Himmel empor, von den Paramount-Sternen mit einem Heiligenschein umgeben wie eine Madonna mit Kind, gemalt von Zurbarán.

Ein zweiter Schuß ertönte. Es war das Telefon. Matthew blickte hinüber zum Wecker auf seinem Nachttisch. Er hatte höchstens sieben Minuten geschlafen. Am anderen Ende war Théo, der sagte, ihm sei erst nach dem Abschied auf der Place de l'Odéon wieder eingefallen, daß er *Le Monde* habe kaufen wollen.

Die Langlois-Affäre füllte die Titelseite.

So gebannt hatten die drei jungen Leute das Geschehen auf der Leinwand der Cinémathèque verfolgt, daß ihnen vollkommen entgangen war, was sich hinter ihr schon seit geraumer Zeit abgespielt hatte. Der *coup d'état* war peinlich genau wie ein Überraschungsangriff geplant worden. Die Schließung an diesem Abend war nur noch der *coup de grâce* gewesen, ausgelöst durch die unzähligen Telegramme, die im Kulturministerium eingegangen waren, Telegramme von Regisseuren aus aller Welt, die Langlois Kopien ihrer Filme zur Verfügung gestellt hatten und nach seinem Rausschmiß jede weitere Vorführung untersagten.

Aus dieser Breitseite isolierte Matthew ein einziges Faktum, das er für sich zu einem logischen Lehrsatz umformulierte: Die Cinémathèque hatte ihre Tore geschlossen. In der Cinémathèque – und nur in der Cinémathèque – traf er Théo und Isabelle. Ergo würde er sie von nun an überhaupt nicht mehr treffen.

Der Schatten, den das Telefon an die Wand warf, nahm die Form eines Revolvers an, der gegen seinen Kopf gedrückt wurde.

»Dann sehe ich euch morgen also nicht?«

Zunächst herrschte Funkstille – doch dann:

»Du meinst, ob wir trotzdem zum Chaillot hinausfahren sollen?«

»Nein, ich meine nur …«

Matthew hatte sich stets von den Ereignissen treiben lassen. Ihm hatte es ausgereicht, daß er davon emporgehoben wurde – etwa so wie Edith Piaf in der Schlußszene eines ebenso lächerlichen wie anrührenden Films, den die drei in der Cinémathèque einst gesehen hatten, von der Drahtseilbahn am Montmartre himmelwärts getragen wird, während das Wort *Fin* in den Vordergrund der Leinwand rückt wie das Licht am Ende eines Tunnels. Immer wenn sich die Frage stellte, welchen Film man sehen, in welches Restaurant man essen gehen oder welche Entscheidung man treffen sollte, hatte er die Initiative den anderen überlassen. Nun würde er zum erstenmal seit Beginn ihrer Freundschaft Théo einen Vorschlag machen.

»Könnten wir uns nicht am Nachmittag treffen? Oder irgendwo was trinken gehen?«

Das Telefon ist ein Schlüsselloch. Das Ohr spioniert die Stimme aus. Théo, dem es nie eingefallen wäre, sich außerhalb der Cinémathèque mit Matthew zu verabreden, merkte, daß er einen schwachen Notruf empfangen hatte.

»Hm …«, setzte er skeptisch an. »Ich müßte eine Stunde schwänzen. Na ja – also schön, ich komme um drei in die Rhumerie. Weißt du, wo das ist?«

Er sprach im Tonfall eines Menschen, der Befehle erteilt, ohne einen Gedanken daran zu verschwenden, ob man ihnen auch Folge leistet, eines Menschen, der andere warten läßt, weil er weiß, *daß* sie warten.

»Die Rhumerie? Am Boulevard Saint-Germain?«

»Punkt drei. Ciao.«

Die Leitung wurde stumm. Matthew zog sich die Steppdecke bis unters Kinn und schloß die Augen. Seine Freundschaft mit Théo und Isabelle glich einem Hochseilakt. Im vorliegenden Fall war er wohlbehalten am anderen Ende angekommen.

Vom Boulevard drang das unmelodische Heulen einer Polizeisirene zu ihm.

Warten. Matthew wartete. Seit zehn vor drei saß er vor seinem Grog in einem der Korbstühle auf der graubraun verglasten Terrasse der Rhumerie. Inzwischen war es Viertel nach – das jedenfalls zeigte die Uhr auf dem Boulevard gegenüber an. Matthew trug nie eine Armbanduhr um sein schmales, zerbrechliches, knochiges Handgelenk: Der Druck von Riemen und Schnalle an seiner Schlagader hätte ihm das ungute Gefühl gegeben, ein Arzt messe ihm fortwährend den Puls. Deshalb war er auf Straßenuhren angewiesen. Und da ihn nichts von der Überzeugung abbringen konnte, daß die erstbeste Uhr, die er erblickte, auch tatsächlich die korrekte Zeit anzeigte, schenkte er ihr selbst dann noch Glauben, wenn sie von sämtlichen Uhren, die er danach zu Gesicht bekam, Lügen gestraft wurde.

Warten. Für die Person, die wartet, ist Zenons Paradoxie, der zufolge keine Bewegung abgeschlossen werden kann, mitnichten eine Paradoxie, sondern schlichte Lebenserfahrung. Matthew lebte diese Paradoxie. Damit Théo die Wohnung seiner Eltern in der Rue de l'Odéon verlassen und die kurze Strecke zur Rhumerie zurücklegen könnte, so Matthews Überlegung, müßte er zuerst den Boulevard Saint-Germain erreichen. Doch bevor er dort ankäme, hätte er den Carrefour de l'Odéon zu überqueren und vor dem Carrefour de l'Odéon durch die Rue de l'Odéon zu gehen und vorher von der Bordsteinkante auf die Straße zu treten – und so immer weiter zurück, bis hin zu jenem Punkt, wo er noch reglos auf der Schwelle seines Schlafzimmers verharrte, einen Arm zur Hälfte im Jackenärmel, zur anderen Hälfte draußen.

Während er wartete, beobachtete Matthew, wie eine Gruppe junger Amerikaner an ihm vorbeischlenderte. Sie krümmten sich unter der Last ihrer Rucksäcke. Irgend etwas gab ihnen die Gewißheit, daß sie sich mit ihren Schals und Kaftans, Mokassins, getönten Großmutterbrillen, Gitarren, ledernen Wasserbeuteln und den verwirrten Kindern im Schlepptau an der Kreuzung von Boulevard Saint-Germain und Boulevard Saint-Michel zu sammeln hätten. Dies war ihr Reservat. Hier zogen sie glückselig an ihren Joints, die sie wie Friedenspfeifen im Kreis herumreichten. Und da man sie sich beim besten Willen nicht in einem anderen *quartier* vorstellen konnte, drängte sich einem fast der Verdacht auf, ihre Chartermaschinen seien direkt auf der Place Saint-Michel gelandet und zwischen dem Springbrunnen und den arabischen Schwarzhändlern ausgerollt, welche aus der einen Tasche Haschisch, aus der anderen billige Metrofahrscheine feilboten.

Inzwischen war es zwanzig nach drei. Wie sagt doch ein chinesisches Sprichwort: Wenn du jemanden warten läßt, gibst du ihm Zeit, deine Fehler zu zählen. Es war typisch für Matthew, daß er statt dessen die seinen zählte. Denn es waren ja, so überlegte er sich, seine eigenen und nicht etwa Théos Fehler, die dessen pünktliches Eintreffen vereitelten. Isabelle – schön und gut, vor ihr kroch er im Staub. In ihrer Gegenwart fiel ihm immer erst viel zu spät ein, was er hätte sagen wollen. Théos Überlegenheit dagegen vermittelte ihm nie, daß er ein Nichts sei.

Doch selbst das war nur die halbe Wahrheit. Zweifellos gab es Zeiten, in denen er und Théo von gleich zu gleich miteinander redeten und so unbekümmert im trunkenen Diskurs der Filmbegeisterung schwelgten, wie es ihnen in Isabelles Gegenwart nicht möglich war. Doch selbst in solchen Momenten nahm eine gespenstische, bis zur Unsichtbarkeit spukhafte Isabelle flimmernd von ihrem Bruder Besitz, wie in einer dieser Fotomontagen, in denen sich zwei Profile überlagern und ein drittes, von vorne zu sehendes Gesicht hervorbringen – das eines Wildfremden.

Und genau diesen Wildfremden liebte Matthew. Doch seine Liebe setzte ihm schwer zu. Wie der Hanswurst in einem Bauernschwank begann er dann immer zu stottern. Selbst der simpelste Satz geriet ihm unweigerlich zum Zungenbrecher.

Er wartete noch immer. Das überschwengliche Gefühl, das er am Vorabend beim Auflegen des Hörers verspürt hatte, war verflogen. Wieder balancierte er auf dem Hochseil, das sich über einen neuen Abgrund spannte. Es war fast fünf vor halb.

Auf dem Trottoir vor der Rhumerie stand ein Straßenmusiker, ein junger marokkanischer Geiger. Er spielte recht und schlecht das Vilja-Lied aus der *Lustigen Witwe*. Matthew betrachtete ihn. Immer wenn die Melodie in einer Phrase zu ersterben drohte, holte er sie im letzten Moment mit einem Bogenschlenker zurück und wickelte sie um sein Instrument wie eine dieser gummiartigen Marshmallow-Schwaden, die man an Dorffesten sieht.

Obwohl er mit strahlender Miene musizierte, stimmte er andere, die sich Gedanken über ihn machten, melancholisch. Das Saatkorn dieser Melancholie trug er in sich wie einer, der eine ansteckende Krankheit unabsichtlich auf Fremde überträgt, ohne ihr selbst je anheimzufallen.

Dies war einer der Momente, in denen für Matthew höchste Ansteckungsgefahr bestand. Er kam sich vor wie der Hauptdarsteller in einem jener Filme, die er so verabscheute: ein sensibler Außenseiter, der sich seinen Weg durch all die fröhlichen und geschäftigen Menschen bahnt, die ihm auf den neonbunt glitzernden Boulevards entgegenströmen. Die Hintergrundmusik dieses Films käme ausschließlich von Straßenkünstlern, allesamt Originale, handverlesen vom Regisseur im Rahmen einer breit angekündigten Talentsuche durch die Straßen, Plätze, Parks und U-Bahn-Stationen der Innenstadt. Und die Titelmelodie, *Vilja* natürlich, würde stafettenartig von einem Instrument zum anderen, von einem Straßenmusiker zum anderen gereicht – von der dußligen Greisin, die vor dem Café de Flore stand und deren Grinsen so breit und zerknittert war wie ihre Quetschkommode, bis zum blinden jüdischen Harfenisten, der an der Place Monge sein Revier hatte –, als folgte sie ihm durch ganz Paris.

Es war halb vier, als Théo, der gemächlich über den Boulevard spazierte, endlich eintraf. Er war nicht allein. Eine gelangweilte Isabelle hatte sich ihm angeschlossen. Sie trug das aus der Vorkriegszeit stammende »kleine Schwarze« von Chanel mit verzierten Knöpfen und Manschetten; es war ihr mindestens zwei Nummern zu klein. Da Théo wie üblich Cordjacke, Cordhose und Sandalen die Ehre gab, sorgten die beiden zu Matthews Vergnügen für einen kleinen Aufruhr unter den bürgerlichen Matronen, die neben dem einen oder anderen wortkargen Einzelgänger, der *Le Monde* oder *Le Nouvel Observateur* las, mit ihren Hermès-Tüchern und ihrem unerschöpflichen Fundus an pharmazeutischen Schauergeschichten die Stammkundschaft der Rhumerie ausmachten.

Weder Théo noch Isabelle entschuldigten sich für die halbstündige Verspätung, denn keinem der beiden wäre es in den Sinn gekommen, daß Matthew nicht mehr da sein könnte. Während sich Théo der Speisekarte zuwandte, griff Isabelle nach dem Taschenbuch, das Matthew auf den Tisch gelegt hatte, und blätterte es durch.

»Du liest Salinger auf italienisch? Molto chic.«

»Angeblich lernt man eine Fremdsprache am besten, indem man Übersetzungen von Büchern liest, die man bereits in- und auswendig kennt.«

»Ist ja interessant!«

Aber eigentlich war Isabelle überhaupt nicht interessiert. Sie hatte nur einen neuen Ausdruck aufgeschnappt, an dem sie sich nun weidete. In Zukunft würde alles, was sie zuvor mit einem *sublime* bedacht hatte, als *molto chic* gelten: ein Film, ein Worth-Kleid, ein chinesischer Wandschirm. Wie jene treuen Leser der Reader's-Digest-Kolumne »Erweitern Sie Ihren Wortschatz«, die ihre rhetorischen Fähigkeiten daran messen, wie oft es ihnen gelingt, an einem einzigen Tag die Wörter *Myriade* und

Tautologie und *essentiell* fallenzulassen wie andere Leute große Namen, wollte sie auf keine amüsante Wendung verzichten, die es ihr einmal angetan hatte.

Dabei konnte es sich um ein Zitat handeln, zum Beispiel um Napoleons »Die Menschen glauben alles, es darf nur nicht in der Bibel stehen«, was Isabelle, die mitnichten christlichen Glaubens war, bei jeder passenden und unpassenden Gelegenheit einwarf.

Es konnte aber auch ein spleeniger Kosename sein, der dann auf ewig einem Objekt anhing. Ihre russischen Zigaretten, deren Lila an Lippenstifte erinnerte, taufte sie »Rasputins«. Und wenn ein solcher Glimmstengel trotz mehrfachen Ausdrückens weiterglühte, sagte sie mit gekünstelter Spontaneität: »Er will einfach nicht sterben! Ein richtiger Rasputin!«

Théo und Matthew hatten inzwischen beschlossen, um sechs Uhr mit der Metro zur Place du Trocadéro zu fahren, als wäre nichts geschehen. Immerhin bestand die winzige Chance, daß sich die Lage normalisiert hatte. Sie hofften, das Schicksal auf dem falschen Fuß zu erwischen.

Vor ihnen lag ein kühler, bewölkter Nachmittag.

»Wir könnten uns ja auf dem Weg noch einen Film angucken«, meinte Matthew.

»Aber es läuft doch gar nichts«, erwiderte Théo. Mißmutig entfernte er das rosarote Papierschirmchen, das sein Eis vor den Strahlen einer imaginären Sonne schützte, und schob den winzigen gerippten Baldachin hin und her, rauf und runter, um schließlich eine mit Tintenklecksen übersäte Ausgabe von *L'Officiel des Spectacles* aus der Jackentasche zu ziehen und Matthew hinzuwerfen. »Da, überzeug dich selbst.«

Théo versah immer am Mittwochmorgen, sobald die Zeitschrift in den Handel kam, jeden Film, den er bereits kannte, mit einem Sternchen. Und so zog sich, wie Matthew feststellte, über sämtliche Seiten der aktuellen Ausgabe ein fast durchgehendes Sternenband.

»Und überhaupt«, fuhr Théo fort, »müßten wir eine Vier-Uhr-Vorstellung besuchen und kämen damit zu spät in die Cinémathèque.«

Isabelles höhnische Stimme unterbrach die beiden.

»Ihr spinnt ja!«

Théo lief rot an.

»Was ist denn mir dir los?«

»Merkt ihr nicht, wie lächerlich ihr euch macht, ihr beide? Die Cinémathèque ist zu, basta. Es ist reine Zeitverschwendung, heute abend hinaus zum Chaillot zu fahren, das wißt ihr ganz genau. Wenn ihr keine solchen Schlappschwänze wärt, würdet ihr eine Zeitung kaufen und euch das Geld für die Metro sparen.«

»Erstens«, kam prompt die Antwort ihres Bruders, »ist eine Zeitung teurer als eine Metrofahrt. Zweitens hast doch gerade du steif und fest behauptet, daß sie Langlois spätestens heute wieder einstellen. Drittens hat dich meines Wissens kein Mensch gebeten, mit uns zu kommen, wie dich übrigens, womit sich der Kreis wieder schließt, schon kein Mensch gebeten hat, mit mir rauszukommen.«

Nachdem sein Ärger über Isabelle aufgrund der schieren Zahl, Vehemenz und unverhofften Kreisförmigkeit seiner Argumente etwas verpufft war, verfiel Théo in Schweigen und begann erneut an seinem Parasol herumzufummeln.

Isabelle kam immer mehr in Fahrt.

»Und ob ich mitkomme! Nur schon um dein Gesicht zu sehen, wenn du feststellst, daß sie zu ist. Ein Anblick für Götter war das gestern abend! Man hätte glauben können, du würdest gleich losflennen. Hat er dich nicht angewidert, Matthew? Hast du dich nicht geschämt, in seiner Gesellschaft gesehen zu werden? Ist dir je ein solcher Jammerlappen untergekommen? Leider muß ich konstatieren, daß mein Bruder die gleiche Elendsgestalt abgibt wie die anderen. Wie Peplum. Wie Jacques. Er ist der geborene Versager.«

Matthew wagte nicht einzugreifen. Nie wurde ihm seine Außenseiterstellung stärker bewußt als in solchen Momenten. Sein Schweigen glich dem eines Kleinkindes im Pyjama, das nachts vor dem Schlafzimmer seiner Eltern steht und hört, wie hinter der Tür Schimpfwörter hin- und herfliegen, die sich nie mehr zurücknehmen lassen.

Théo hatte während Isabelles Tirade geschwiegen und weiter am Parasol herumgezerrt, bis sich dieser wie ein Regenschirm bei Wind und Wetter nach außen stülpte.

»Was willst du eigentlich sagen?« fragte er schließlich. »Daß wir nicht in die Cinémathèque gehen sollen?«

»Aber natürlich gehen wir in die Cinémathèque!« erwiderte Isabelle. »Das stand überhaupt nie zur Diskussion. Ich kann es nur nicht ertragen, daß ihr euch am *Officiel* auf die gleiche Weise aufgeilt wie deine scheußlichen Kumpel.«

»Und was schlägst du vor?«

»Was ich vorschlage?« fragte sie mit ihrem berühmten

Peter-Lorre-Akzent. Sie beugte sich vor und sprach in fast unhörbarem Flüsterton, als spielte sie in einer jener Filmszenen, die ausgeblendet werden, wenn der Hauptverschwörer gerade verrät, wie er die Welt erpressen will.

Isabelles Vorschlag war der folgende. In den Stunden, die Théo neben Schule und Cinémathèque blieben, verfaßte er Listen seiner Lieblingsfilme. Dafür verwendete er bei Gibert Jeune gekaufte Ringbücher, die er, sobald sie voll waren, in streng chronologischer Reihenfolge ins Regal stellte. In einem dieser Ringbücher listete er seine hundert Lieblingsfilme aller Zeiten auf; in einem anderen die hundert besten Filme des Jahres. Schon als Zehnjähriger hatte er damit begonnen, doch *einem* Film war er über all die Jahre treu geblieben, nämlich Godards *Bande à part,* in dessen einer Szene die drei Hauptfiguren durch die Säle und Korridore des Louvre rennen und den Rekord (neun Minuten fünfundvierzig Sekunden) für das Betrachten oder zumindest für das flüchtige Begucken der gesamten Kunstsammlung zu brechen versuchen. Und Isabelles Vorschlag lautete nun, daß auch sie die Herausforderung annehmen sollten.

Théo entzückte die Idee. Dies wäre eine Geste des Widerstands, ein Akt des Ungehorsams gegen die Schließung der Cinémathèque. Wenn man dort schon keine Filme mehr sehen konnte – na bitte schön, dann würden sie die Filme eben auf der Straße vorführen. Oder gleich im Louvre. Er und Isabelle kicherten wie kleine Kinder, die einen Streich aushecken, als sie im Café eine Ecke des Papiertischtuchs abrissen und die ideale Route ausknobelten.

Vergeblich mahnte Matthew zur Vorsicht. Er fürchtete, daß er als Ausländer, als Angehöriger einer fremden Nation in ziemliche Bedrängnis kommen könnte, falls man sie erwischte. Er sah schon, wie man ihn wegen ungebührlichen Verhaltens nach San Diego zurückschicken würde, das Studium im Eimer, die Zukunft in den Sternen. Für ihn bestand die Schönheit des Kinos gerade darin, daß dessen hinterhältige Wirkung ganz auf das verzauberte Rechteck der weißen Leinwand beschränkt blieb. Darin glich er einem amüsiert-distanzierten Schaulustigen, der sich auf dem Jahrmarkt insgeheim davor fürchtet, von seinen ausgelasseneren Freunden in die Achterbahn gedrängt zu werden.

Doch Théo und Isabelle machten bereits Front gegen ihn. Wie jedes Paar (von welcher Art seine Verbindung auch sein mag) glichen sie einem doppelköpfigen Adler, hackten sich einmal die Augen aus und rieben das andere Mal zärtlich die Schnäbel aneinander. Zwei gegen einen – oder genauer: zwei gegen die Welt –, fegten sie seine Einwände vom Tisch.

»Aber begreift ihr denn nicht?« sagte Matthew. »Wenn man uns erwischt, werde ich ausgewiesen.«

»Keine Angst, mein Kleiner«, erwiderte Isabelle. »Uns wird man schon nicht erwischen.«

»Und woher willst du das wissen?«

Isabelle war nie um eine Antwort verlegen.

»In *Bande à part* hat man sie doch auch nicht erwischt, und wenn wir ihren Rekord brechen, erwischt man auch uns nicht – ist doch ganz logisch.«

»Hör mal, Isabelle, das ist wirklich eine prima Idee, und ich würde ja zu gern ...«

»Matthew«, sagte Isabelle und blickte ihn unverwandt an, »wir stellen dich hiermit auf die Probe. Wirst du sie bestehen oder nicht?« Und bevor er etwas sagen konnte, fügte sie hinzu: »Aber Vorsicht! Von deiner Reaktion hängt eine ganze Menge ab.«

Auf der Place Saint-Germain-des-Prés, direkt vor dem Café de Flore, zeigte ein Schwertschlucker seine Kunststücke. Am anderen Ende des Platzes wartete ein junger Zigeuner auf seinen Auftritt; auf hohen Stelzen stützte er sich in seinem vergammelten Harlekinkostüm gegen das Geländer der Kirche. Als die drei an ihm vorbeikamen, schlug er die Stelzen so lässig übereinander, als wären es seine eigenen Beine.

Da Matthews Widerstand inzwischen gebrochen war, folgte er den beiden durch die Rue Bonaparte und die Rue des Beaux-Arts. Als sie sich dem Quai Voltaire näherten, sahen sie rechts Degas' Ballerina im rostigen, metallenen Tutu und links, ihr direkt gegenüber, Voltaire persönlich als Statue; mit faltigen Steinaugen betrachtete dieser den vorbeiziehenden Matthew.

Zwei Herzen leicht wie Kork, eines schwer wie Blei, so schritten sie das Seineufer entlang und überquerten den Fluß beim Pont du Carrousel. Als sie hinüberschlenderten, glitt unter ihnen gerade ein *bateau-mouche* durch, Ober- und Unterdeck festlich beleuchtet wie ein winziger Ozeandampfer. Es verschwand auf der einen Seite und kam auf der anderen in magischer Unversehrtheit wieder zum Vorschein.

In der Ferne, direkt hinter der schmucken Symmetrie der Louvre-Gärten, war ein Reiterstandbild der Jeanne d'Arc zu sehen, deren Leib im Sonnenschein funkelte wie ein Kettenhemd. In Matthews Phantasie rochen ihre verkohlten Überreste beißend wie ein abgebranntes Feuerwerk.

Ohne Vorwarnung rannten Théo und Isabelle los. Sie liefen sich für den Hauptwettkampf warm.

Leicht hechelnd erreichten sie den Louvre.

»Los!« rief Théo.

Sie schlitterten um Ecken, ein Bein in der Luft wie Charlie Chaplin! Dösende Aufseher schreckten schnaubend hoch! Touristengruppen auf Museumsführung stoben auseinander! Meisterwerke flitzten an ihnen vorbei! Jungfrauen mit oder ohne Kind – Kreuzigungen – Heilige Antoniusse und Hieronymusse – Fra Angelicos, in Blattgold gewickelt wie Likörpralinen – unverfrorene, stupsnasige Putten, die die Wolken aufschüttelten, als wären es Kissen, und aufeinander eindroschen wie in einem Schlafsaal nach dem Löschen der Lichter – die Mona Lisa – die Nike von Samothrake – die Venus von Milo, der sie im Vorbeiflitzen die Arme abrissen, Isabelle vor Théo und Matthew, der nach gemächlichem Start auf der Innenbahn langsam Boden gutmachte! Selbstbildnisse von Rembrandt – Mönche von El Greco – das Floß der Medusa – und dann auf der Zielgeraden, inzwischen Kopf an Kopf, alle drei dicht beieinander, ein Fotofinish vor der *Grande Jatte* mit den zentaurenartigen Damen, die unter ihren gerüschten Sonnenschirmen Schutz vor dem Pointillismus suchten!

Kein einziges Mal stießen sie zusammen, kein einziges Mal gerieten sie ins Straucheln, kein einziges Mal liefen sie einem Museumswärter in die Arme. Sie wurden vom

Glück so wundersam verfolgt wie andere vom Pech. Und sie unterboten den Rekord um fünfzehn Sekunden!

Nebeneinander rannten die drei aus dem Louvre und hörten erst zu rennen auf, als sie die Parkanlage hinter sich wußten und den Quai erreichten, wo sie, die Hände in die Hüfte gestemmt, vornübergebeugt nach Luft japsten.

Ein Funkeln trat in Isabelles Augen, so sehr freute es sie, daß sie sich einmal hatte gehen lassen. Sie umschlang Matthews Hals mit beiden Händen.

»Ach, Matthew, mein kleiner Matthew, du warst sagenhaft! Sagenhaft!« Sie gab ihm einen flüchtigen Kuß auf den Mund.

Théo hatte angenommen, daß Matthew kneifen und im letzten Moment wie versteinert vor der Startlinie verharren würde. Aus lauter Freude darüber, daß er die Probe bestanden und bei Isabelle nicht in Ungnade gefallen war, streckte er ihm brüderlich die Hand hin.

Matthew aber durchkreuzte seine Absicht. Vielleicht wegen der unberechenbaren animalischen Kräfte, die das Rennen in ihm freigesetzt hatte und die ihn weiterhin berauschten, vielleicht aber auch, weil er eine Chance witterte, die so schnell nicht wiederkehren würde, stellte er sich auf die Zehenspitzen und gab Théo einen spontanen Kuß.

Théo schreckte zurück. Es hatte den Anschein, als würde er gleich rot anlaufen oder etwas Unwiderrufliches sagen. Doch Isabelle kam ihm zuvor und begann leise zu murmeln: »Einer von uns … Einer von uns …«

Ihr Bruder erkannte die Anspielung sofort. Lächelnd

nahm er den Refrain auf. »Einer von uns! Einer von uns!«

Wer je Tod Brownings Film *Freaks* gesehen hat, wird die unheimliche Parole wohl nie mehr vergessen, die bei der Hochzeitsfeier des Zwerges Hans und der aufreizenden Trapezkünstlerin Cleopatra von all den Liliputanern, Mongoloiden, bärtigen Damen und zuckenden, gliederlosen Mißgestalten gerufen wird.

Am Horizont lotste bereits das Leuchtfeuer des Eiffelturms, unvermeidlich wie der Mond, die drei in den Hafen. Speckscheiben zogen sich über den Himmel. Die durch den neuneinhalbminütigen Lehrgang in Kunstgeschichte angeregte Isabelle dachte laut nach: »Warum nimmt sich die Natur, wenn sie die Kunst schon nachäffen muß, ausgerechnet die schlechteste Kunst vor? Sonnenuntergänge von Harpignies, nie von Monet.«

Vor der Cinémathèque wartete eine böse Überraschung auf sie. Der Zugang zum Park war von der Avenue Albert-de-Mun her versperrt. Unter den kahlen Bäumen standen die gedrungenen, granitgrauen Kastenwagen der paramilitärischen Bereitschaftspolizei, der CRS. Polizisten lümmelten in ihren Lederjacken auf dem Trottoir herum und streichelten geistesabwesend ihre Gewehre. Die vergitterten Fenster der Kastenwagen, durch die wahrscheinlich genausowenig Luft drang wie durch die Luken eines Schloßturms, umrahmten als einzige von außen wahrnehmbare Bewegung das gelegentliche Zucken einer Schulter, was darauf schließen ließ, daß gerade jemand eine Spielkarte auf den Tisch knallte.

Théo und Isabelle begriffen zunächst nichts und stürmten über die Place du Trocadéro auf die Esplanade zu. Matthew folgte ihnen. Sein Hochgefühl aus dem Louvre verflüchtigte sich von Minute zu Minute mehr.

Kein Fleckchen der Esplanade war nicht besetzt. Einzelne Demonstranten waren auf die Springbrunnen geklettert, um sich einen besseren Überblick zu verschaffen, und bespritzten wild die unter ihnen Stehenden. Andere hatten sich untergehakt und summten schunkelnd *Yesterday*. Hin und wieder schälte sich für einen Moment ein berühmtes Gesicht heraus. War das nicht Jeanne Moreau? Und da, hinter der dunklen Brille, das war doch Catherine Deneuve, oder? Und dort drüben, mit der geschulterten Handkamera, Jean-Luc Godard, nicht wahr?

Über der Menge, auf einer der höchsten Brüstungen der Esplanade, deklamierte der Schauspieler Jean-Pierre Léaud heiser den Text eines fotokopierten Flugblattes, das gleichzeitig an die Demonstranten zu seinen Füßen verteilt wurde.

Das Flugblatt trug den Titel *Les Enfants de la Cinémathèque* und schloß mit folgenden Worten:

»Die Feinde der Kultur haben diese Bastion der Freiheit zurückerobert. Laßt euch nicht für dumm verkaufen. Die Freiheit ist ein Recht, das nicht verschenkt, sondern erstritten wird. Alle Menschen, die das Kino lieben – sei es in Frankreich oder sonstwo auf der Welt –, stehen auf eurer Seite, stehen auf der Seite von Henri Langlois!«

Langlois' Name wirkte wie ein Fanal. Die Demonstranten preschten in den Park und drängten auf die Cinémathèque zu. Gleichzeitig sprangen die Polizisten der CRS in einer Kakophonie gellender Pfeifen mit erhobenen Schlagstöcken und vors Gesicht gehaltenen Metallschilden aus den Kastenwagen und kamen, ihr Pokerspiel hinter sich lassend, über die Avenue Albert-de-Mun gerannt.

Die Menge mußte den sofortigen Rückzug antreten und rannte in wilder Hast auf die Esplanade zurück, wobei sich die Vorhut in die Nachhut schob, bis man schließlich in rasender Verstörung – teils gehend, teils laufend, die Beine durchgeknickt wie Kartentische – auf die Place du Trocadéro zurückwich und sich auf der Avenue du Président-Wilson zu verteilen begann.

An der Kreuzung zwischen dieser Avenue und der Avenue d'Iéna erstreckte sich von einem Trottoir zum anderen eine neue Barriere aus Schilden, undurchdringlich und drei Reihen stark, so daß die Demonstration schließlich zum Stehen gebracht und die Esplanade ihrer Fauna überlassen wurde.

Wie Kinder, die aus lauter Ehrfurcht vor den Jagdhörnern und Champagnerflaschen, dem Foxtrott und Quickstep der Pferde und der scharlachroten Abendgarderobe der Reiter die Jagd mit dem Jagdball verwechseln, so verwechselten auch unsere drei Helden das eigentliche Kino mit einer offenen Feldschlacht, in der über die Zukunft des Kinos entschieden wurde. Sie hielten sich lieber abseits, um die Schauspieler zu bewundern und den Stars zu applaudieren. Sie wollten nicht mitmischen, sondern nur Zaungäste sein, unschuldige Zaungäste.

Doch auf Dauer vermochte sie der Film nicht zu fesseln, und so gingen sie noch vor Ende der Vorstellung. Als sich die Verletzten vom Schlachtfeld schleppten und auf den Metrotreppen von den unversehrt Gebliebenen stützen ließen, wanderten die drei schon in weiter Ferne die *rive gauche* entlang, drei kaum noch zu sehende Punkte am Horizont.

Auf der Place de l'Odéon berührte sie das vertraute Abschiedszeremoniell seltsam. Da sie sich auf gut Glück zum Chaillot hinausbegeben hatten, war der Sandwicheinkauf vollkommen untergegangen. Erst jetzt wurde ihnen bewußt, wie hungrig sie waren.

»Wie stehts's denn bei dir mit Abendessen, Matthew?« fragte Théo ganz beiläufig. »Hast du in deinem Zimmer einen Gaskocher?«

Matthew dachte an sein enges, L-förmiges Hotelzimmer, an die sich lösende gelbe Tapete und die auf einen Balsaholzrahmen gezogene rechteckige Glasscheibe, welche ihm, an eine Wand gelehnt, als Spiegel diente.

»Nein, nein, kochen kann ich da nicht.«

»Und wo ißt du dann?«

Die Frage verdutzte Matthew. Trotzdem wollte er Théo und Isabelle nicht in Erinnerung rufen, daß er in letzter Zeit fast jeden Abend mit ihnen verbracht hatte. Er konnte ja nicht wissen, daß die beiden, wenn sie jeweils von der letzten Metro nach Hause kamen, regelmäßig noch den Kühlschrank plünderten. Die Sandwiches und hartgekochten Eier, die sein Abendbrot ausmachten, waren für sie lediglich Zwischenmahlzeiten.

»Ach, ein Couscous kann ich bei mir im *quartier*

jederzeit kriegen. Oder sonst schmuggle ich mir einen
Kebab aufs Zimmer. Es sei denn«, fügte er zaghaft hinzu, »wir gehen zusammen was essen …«

Théo wandte sich Isabelle zu.

»Was meinst du?«

Isabelle zog eine angewiderte Schnute und sagte:
»Ääh-bäh. Isabelle nixe esse wolle pfui Couscous in pfui
Restaurant.«

Eigentlich hätte Matthew wissen müssen, daß seine
Glückssträhne irgendwann abreißen würde.

»Dann mach’ ich mich jetzt besser auf den Weg«, sagte er, straffte die Schultern und wollte der erste sein, der
sich verabschiedete.

Théo warf ihm einen zärtlich-ironischen Blick zu.

»Warum kommst du nicht zu uns?«

»Wie meinst du das?«

»Komm doch mit und iß bei uns. Findest du nicht
auch, Isa?«

Matthew suchte Isabelles Gesicht sogleich nach dem
leisesten Anflug von Groll ab.

Sie lächelte ihn an. »Aber ja doch, Matthew. Du mußt
sowieso endlich der Familie vorgestellt werden.«

Die in ihrer Formulierung mitschwingende Botschaft
konnte man, das war Matthew klar, nicht ernst nehmen.
Doch wie alle Menschen, deren Liebe unerwidert bleibt,
legte er die Worte nicht auf die Goldwaage. Der Satz war
ausgesprochen worden, und schon dafür war er dankbar.
Für seine nächtlichen Träumereien, für die von ihm
Nacht für Nacht durchgeführte Obduktion des vergangenen Tages war nur das von Bedeutung.

»Furchtbar gern«, sagte er und fügte mit betont bübi-

46

schem Charme hinzu: »Ich dachte schon, ihr fragt mich nie.«

Auf einen Souffleur war er nicht länger angewiesen. Er beherrschte seinen Text.

Théo und Isabelle wohnten in der Rue de l'Odéon. Ihre Wohnung lag im ersten Stock und war über eine enge Wendeltreppe in einem Hinterhof zu erreichen, wie es sie an der *rive gauche* zu Tausenden gibt. Die Wohnung selbst war, was die reine Zahl ihrer Zimmer anging, recht groß, wirkte aber von keiner Stelle aus so, da sämtliche Räume niedrig und klein waren und von den allgegenwärtigen Bücherregalen nur noch kleiner gemacht wurden.

Der Vater war ein stutzerhaftes Fossil, eine Giacometti-Figur in seidenem Bademantel. Er führte ein Leben am Rande des Nichts, in dem er sich jedoch so heimisch fühlte wie in einer Villa am Ufer eines Schweizer Bergsees. Als Poet war er berühmt für seinen Perfektionismus. Beim Dichten ging er wie ein Holzhacker vor, der für die Herstellung eines Streichholzes einen Baum fällt. Für ein zweites Streichholz fällt er einen zweiten Baum. Streichhölzer bedeuten hier: Wörter. Für diese Wörter wurde er bewundert wie andere Schriftsteller für ihre brillanten Sätze.

So klein war die Zahl der Wörter pro Seite, so klein die der Seiten pro Gedichtband, daß die Rezensionen meist mehr Lesezeit in Anspruch nahmen als das besprochene Werk. Und wie alle Poeten, die dem Trubel entsagen und von ihrem wolkenumhüllten Elfenbeinturm nur höchst ungern hinuntersteigen, reagierte er auf Kritik äußerst dünnhäutig, so daß sich in seinem Adreßbuch genauso viele durchgestrichene Stellen fanden wie in seinen Manuskripten.

Die Mutter der beiden war Engländerin und sehr viel jünger als ihr Mann. Heiter hatte sie sich in die wichtigste Aufgabe ihres Zusammenlebens mit dem Dichter geschickt, nämlich in die Pflege jenes mürrischen Invaliden namens Inspiration. Ständig auf Abruf, versorgte sie diesen mit einer nie enden wollenden Folge von Placebos – Tassen dünnen indischen Tees, nichtssagenden Worten der Ermunterung, vor allem aber mit Schweigen. Tatsächlich hatte sie einmal, als Théo in seinem Zimmer auf dem Teppich lag und Ravels *Boléro* hörte, den Kopf so häufig zur Tür hereingestreckt und ihn gebeten, doch bitte die Musik leiser zu stellen, damit sein Vater nicht gestört werde, daß das berühmte Crescendo nie über ein Pianissimo hinausgekommen war. Das gleiche galt auch für ihr Leben.

Isabelle ging in den Salon, wo ihr Vater in einem Sessel vor dem prunkvollen Kamin saß. Neckisch zupfte sie ihn an den Nackenhaaren.

»Papa, wir sind wieder da. Heute abend essen wir daheim.«

»Und was ist mit der Cinémathèque?« brummte er, ohne von seiner momentanen Beschäftigung, dem Aufschneiden eines Buches mit Hilfe eines bronzenen Brieföffners, aufzublicken.

»Geschlossen.« Sie entwand ihm den Brieföffner. »Siehst du nicht, daß wir einen Gast haben? Das ist Matthew.«

Während sich der Dichter schwerfällig erhob und den Mantel vorne zusammenraffte, musterte er seinen Gast. Da er einst ein unvergeßliches Semester als *writer in residence* an einem kleinen College im Mittleren Westen der USA verbracht hatte, war ihm der Anblick junger Amerikaner, die durch seine Wohnung zogen, nicht unvertraut, obwohl es sich damals meist um junge Akademiker gehandelt hatte, die über sein Werk arbeiteten. Während er Matthew die Hand gab, schienen seine Augen ganz anderen Gedanken nachzuhängen als der Rest seines schlaffen Gesichts. Seine Augenlider erinnerten an eine Puppe.

»Wir haben Matthew zum Essen eingeladen«, fuhr Isabelle fort. »In seinem gräßlichen Hotel gibt's nicht mal einen Kocher.«

Der Dichter kniff die Augen zusammen. Ihm war nicht ganz klar, was er sich unter einem Kocher vorzustellen hatte.

»Wenn das so ist, sagt ihr jetzt besser eurer Mutter Bescheid. Für fünf wird's aber bestimmt nicht reichen.«

Eilends erhob Matthew Einspruch.

»Machen Sie sich bitte meinetwegen keine Umstände.«

»Unsinn, mein guter Freund. Wir können dich doch nicht in ein kocherloses Hotel zurückschicken. Nimm Platz. Zigarette gefällig?« fragte er, klaubte eine aus seiner Manteltasche und streckte sie Matthew hin.

»Er raucht nicht«, sagte Isabelle.

Flugs zog ihr Vater die Zigarette zurück und steckte sie wieder in die Tasche.

»Selbstverständlich rauchst du nicht«, sagte er, an

Matthew gewandt. »Viel zu jung dafür, wie ich erst jetzt sehe. Und auch zu jung für ein Hotel, nicht wahr?« Forschend betrachtete er ihn. »Wie alt bist du denn? Fünfzehn? Sechzehn?«

Beschämt antwortete Matthew: »Achtzehn.«

Abermals kniff der Dichter die Augen zusammen. Er musterte Matthew mit unverhohlenem Argwohn. Offensichtlich glaubte er, belogen zu werden. Es folgte betretenes Schweigen, das schließlich durch das Eintreten der Ehefrau gebrochen wurde. Da Théo sie bereits vorgewarnt hatte, behauptete sie nun steif und fest, das Abendessen für zwei Personen lasse sich problemlos in ein Mahl für fünf ummodeln.

Beim Essen ging es einigermaßen trostlos zu, denn der Dichter verfiel, um Baudelaires Bemerkung über Victor Hugo zu zitieren, unverzüglich in »jenen Monolog, den er Konversation nennt«. Wen immer er vor sich hatte – einen Journalisten, einen Akademiker, einen Schriftstellerkollegen, einen mit seinen Kindern befreundeten jungen Amerikaner –, nie wich er von seinem Manuskript ab.

»Na, mein guter Matthew? Weißt du, die Schriftstellerexistenz ist eine einzige Vortäuschung – *make-believe*, wie ihr Amerikaner das nennt. Schreibe ich ein Gedicht, wie? Keineswegs. Das wäre ja auch zu offensichtlich. Ich *täusche vor*, ein Gedicht zu schreiben. Ich *täusche vor*, einen Band voller Gedichte zu schreiben. Der Dichter – der wahre Dichter, *n'est-ce pas?* – ist einer, der *vortäuscht*, ein Gedicht zu schreiben, der *vortäuscht*, ein Buch zu schreiben ... doch irgendwann kommt der Augenblick, jener wundersame Augenblick, in dem er feststellt, daß ein neues Gedicht vor seinen Augen Gestalt angenommen hat, daß ein neues Buch vor seinen Augen Gestalt angenommen hat. Na? Deshalb werde ich den Schriftstellertypus – *le genre* Mauriac – nie begreifen, der sich um neun an den Schreibtisch setzt und um fünf wieder davon aufsteht. Ob ich einen Beruf ausübe? *Foutaise!* Und wenn doch … wenn doch, dann könnte man ihn wohl am ehesten … du verstehst schon … mit dem des Arztes vergleichen. Du begreifst doch, was ich dir sage, mein junger Freund aus Amerika, nicht wahr? Daß der Dichter wie der Arzt zu jeder Tages- und Nachtzeit mit einem Notruf rechnen muß. *L'inspiration, c'est ça.* Wie ein Baby erblickt auch sie meist zu unchristlicher Stunde das Licht der Welt. Sie nimmt keine Rücksicht auf den Dichter – *ça non.* Doch wenn sie kommt, dann … du verstehst schon … dann ist das …« – hier nahm seine Stimme jenen ehrfürchtigen Klang an, der dem Pathos des Schöpfers entspricht, welcher in stiller Demut vor dem Wunder seiner Schöpfung steht – »dann ist das … überwältigend. Wir sind nämlich Mönche, mein guter Matthew, und treten gesenkten Hauptes in das Reich der Literatur ein, als würden wir die heiligen Weihen empfangen. So einfach ist das. Der Dichter, dessen Thema, dessen einzig denkbares Thema die Kunst an sich ist – und ich sage dir gleich, für den wahren Dichter kann es gar kein anderes Thema geben –, ein solcher Dichter ist ein Mönch, dessen ganzes Leben sich deckt mit der Anbetung seines Gottes und dessen Himmel die Nachwelt ist. Du« – er unterstrich das *du* – »*du* weißt doch, was ich meine, nicht wahr? Die Unsterblichkeit seiner

Seele. Denn was ist ein Werk anderes als die Seele seines Schöpfers? Deshalb muß ich auch so lachen über die Kapriolen all der erbärmlichen Zausel in der Akademie mit ihrem Unsterblichkeitswahn. *Les Immortels,* ha! Maurois, Achard, Druon, Genevoix, die ganze Bande! Was für ein Friedhof, Matthew, *n'est-ce pas?* Tot sind sie, jawohl, tot und nicht unsterblich, tot als Schriftsteller, mumifiziert als Menschen, versackt in ihren Fauteuils wie ein Haufen alter Knacker in ihren Rollstühlen. Was für eine Farce! Na? Und weißt du was, mir fällt gerade ein – jetzt, in diesem Augenblick –, daß die wahre Unsterblichkeit, die Unsterblichkeit eines Racine, eines Montaigne, *qu'est-ce que j'en sais,* eines Rimbaud sich zur Unsterblichkeit der Académie Française verhält wie der Himmel zum … zum Vatikan. Na? Genau das ist sie nämlich, diese Akademie: der Vatikan der französischen Literatur. Jawohl, jawohl, ich sehe es exakt vor mir, die Akademie und der Vatikan. Entspricht das Grün der Akademie nicht dem Purpur der Kardinäle? Hm? Hm? Stimmst du mir nicht zu? Hahaha! Man könnte fast … Und … und … die Donnerstage, hast du schon von ihren Donnerstagen gehört, na, von diesen unendlich absurden Donnerstagen, in denen sie ihr berühmtes Wörterbuch ausbrüten? *Quelle connerie!* Und was glaubst du, ist es etwa ein französisches Wörterbuch? I wo! Lateinisch ist es, mein armer junger Freund, lateinisch! Die Sprache des Vatikans. Sie *latinisieren* unsere sublime Sprache! Kannst du mir folgen?«

Matthew hielt in seiner zur Faust geballten rechten Hand ein blaues Feuerzeug, eines dieser Wegwerfdinger, für die man in einem *tabac* kaum mehr ausgibt als für

eine Packung Zigaretten. Eigentlich gehörte es Isabelle.
Schon die ganze Zeit hatte er dieses Feuerzeug gestreichelt, damit herumgespielt und es immer wieder kreuz und quer auf das Karomuster des Tischtuchs gelegt. In der Stille, die den letzten Worten des Dichters folgte – Worten wohlgemerkt, die an Matthew gerichtet gewesen waren –, fiel diesem plötzlich, ja schlagartig auf, daß er von allen Seiten angestarrt wurde.

In jäher Panik, die auf der Richter-Skala seines Nervensystems um so haarsträubendere Werte anzeigte, als er vorläufig nicht wußte, woher sie rührte, sah Matthew zu seinem Gastgeber auf.

»Mein Lieber, du mußt schon entschuldigen«, sagte der Dichter und faltete seine Serviette bedächtig zusammen. »Ich habe gedacht, ich rede mit dir. Ich habe gedacht, du hörst mir zu, doch offensichtlich ...«

»Aber das habe ich doch!« antwortete Matthew verängstigt. »Es war nur so ...«

»Ja?«

»Ach, nichts. Wirklich nichts.«

»Du warst anscheinend ganz im Bann dieses banalen Feuerzeugs, von dem Repliken – in anderen Farben, das gebe ich zu – selbst einem Burschen deines zarten Alters schon unter die Augen gekommen sein müssen.«

Er griff nach dem Objekt, unterzog es einer flüchtigen Prüfung und warf es auf den Tisch zurück, als schnippte er eine Zigarettenkippe weg.

»Willst du uns nicht an deiner Epiphanie Anteil nehmen lassen?«

»Papa ...«, begann Isabelle.

»*Tais-toi*. Matthew?«

»Na ja, Monsieur«, setzte Matthew nervös an, »ich habe ...«

»Ja?«

»Es stimmt, ich habe tatsächlich mit Isabelles Feuerzeug gespielt, aus reiner Gewohnheit. Doch dann habe ich es hier auf den Tisch gelegt ... auf das karierte Tischtuch ... und zufällig fiel es diagonal auf eines dieser Quadrate. Und da merkte ich, daß es genau gleich lang ist wie die Diagonale selbst. Schauen Sie.«

Er führte es den anderen vor.

»Danach legte ich es der Länge nach an die Außenkante des Quadrats und stellte fest, daß es genau bis zu dem Punkt reicht, wo dieses Quadrat in jenes übergeht. Sehen Sie, auch das paßt.«

Nun griff er nach einem flachen Teller mit blauem Weidenmuster. »Versuchen wir's mal mit diesem Teller. Ich bin mir sicher ... jawohl, so ist es« – ringsum wurden die Hälse gereckt –, »daß die Länge des Feuerzeugs mit der Höhe dieser kleinen Pagode übereinstimmt, während seine Breite ... seine Breite ... ja, schauen sie doch, sie entspricht genau den fünf Stufen, die zu ihr hinaufführen.«

Mit rotem Kopf starrte er gespannt in die Runde.

»Ich stoße nicht zum erstenmal auf eine solche, wie soll ich sagen, Harmonie. Es scheint so, als ob sich alles auf dieser Welt mit allem anderen in dieselbe beschränkte Anzahl Maßeinheiten teilt. Es macht den Anschein, als ob jedes Objekt, jedes *Ding* entweder die gleiche Länge wie jedes andere Ding hat oder aber die halbe beziehungsweise die doppelte Länge. Als ob es eine globale, ja vielleicht sogar eine kosmische Einheit der Formen und Größen gibt.«

Schamhaft legte Matthew das Feuerzeug auf den Tisch zurück.

»Und deswegen war ich vorhin auch nicht ganz bei der Sache, Monsieur. Bitte entschuldigen Sie, wenn ich Ihren Gedankengang gestört habe.«

Das Ticken der Uhr auf dem Kaminsims äffte buchstäblich die Herzschläge der Zeit nach. Der Dichter runzelte die Stirn. Eine ganze Weile betrachtete er Matthew mit durchdringendem, aber nicht länger unfreundlichem Blick. Er räusperte sich und richtete das Wort dann an Théo, der links von ihm saß und auf seinem Stuhl schaukelte.

»Du hast da einen interessanten Freund, Théo. Interessanter, als dir wohl bewußt ist. Du solltest die Chance nutzen und ihn besser kennenlernen.«

Wieder wandte er sich Matthew zu.

»Mein Lieber, deine Beobachtung fasziniert mich. Wirklich wahr. Meines Erachtens läßt sie sich nämlich auf unsere moderne Gesellschaft anwenden. An der Oberfläche herrscht das reine Chaos. Doch von höherer Warte aus, von der Warte Gottes sozusagen, paßt alles zu allem. *Eins greift ins andere.*«

Mit seiner von Leberflecken übersäten Hand zeigte er auf Théo und Isabelle.

»Meine Kinder glauben – wie natürlich auch ich es tat, als ich in ihrem Alter war, *n'est-ce pas?* –, daß die Phase der … die Phase der … wie soll ich es ausdrücken? … die Phase der *rebellischen Wallung,* die sie gerade durchlaufen, die herrschende Klasse ernsthaft bedroht. Sie glauben, daß ihre Streiks und Demonstrationen und Sit-ins … ›Sit-ins‹, so heißt es doch, nicht wahr? … sie glauben, daß sich damit die Gesellschaft nicht nur provozieren, sondern letztlich auch *verändern* läßt. Dabei vergessen sie, daß unsere Gesellschaft jene scheinbar besonders aggressiven Störfaktoren geradezu *braucht*. Sie braucht sie wie ein Monopolist seinen Konkurrenten: zwecks Verschleierung der Tatsache, daß er ein Monopolist ist. Und so kommt es, daß die, die demonstrieren, und die, gegen die sie demonstrieren, in Wirklichkeit ineinandergreifende Elemente jener, na ja, transzendenten Harmonie sind, die du uns mit deiner kleinen Analogie so reizvoll vor Augen geführt hast.«

Zuerst schwiegen alle. Dann durchbrach Théos verächtliches Schnauben die Stille.

»Nicht einverstanden?« fragte der Dichter. *»Quelle surprise.«*

Théo drehte sich langsam nach seinem Vater um.

»Was willst du damit sagen? Daß wir untätig bleiben sollen, wenn man Langlois rauswirft? Daß wir untätig bleiben sollen, wenn man Flüchtlinge ausweist und Studenten verprügelt? Wir sollen uns also nie zur Wehr setzen, weil« – er fuchtelte mit dem Arm – »weil von dort oben, von irgendwo dort oben, von irgendwo im Äther sich alles als Teil von etwas anderem präsentiert. Wir sind Teil von dem, was wir bekämpfen, und dieses ist wiederum Teil von uns, und am Ende ist sowieso alles Jacke wie Hose.«

»Ich sage bloß, daß ein bißchen Scharfblick nicht schaden könnte.«

»Dann liegen also alle falsch außer dir? In Frankreich, in Italien, Deutschland, Amerika ...«

»Hör mir doch zu, Théo«, sagte sein Vater matt.

»Bevor man die Welt verändern kann, muß man verstehen, daß man ein Teil davon ist. Man kann nicht draußen bleiben und hineingucken.«

»Aber du bist doch derjenige, der draußen bleiben möchte! Du bist es doch, der seinen Namen nicht unter die Petition gegen den Vietnamkrieg setzen wollte!«

»Dichter setzen ihre Namen nicht unter Petitionen, sondern unter Gedichte.«

»Eine Petition ist ein Gedicht!«

»Ja, Théo, und ein Gedicht ist eine Petition. Vielen Dank, aber so gaga bin ich noch nicht, daß du mich an mein eigenes Werk erinnern mußt.«

»Genau!« sagte Théo grimmig. »Du hast diese Zeilen selbst geschrieben. Und jetzt sträubst du dich gegen alles, wofür sie stehen!«

Ein paar Sekunden betrachtete der Dichter seinen Sohn kopfschüttelnd. Dann wandte er sich an die ganze Tischrunde.

»Wie spät ist es eigentlich?«

Matthew, dem das Leben ohne Armbanduhr den gleichen untrüglichen Instinkt für die Tageszeit gegeben hatte, den ein Blinder für Geräusche und Gerüche entwickelt, wagte sich vor: »Fünf vor halb elf?«

Es stellte sich heraus, daß es acht vor halb war.

»Meine Liebe«, sagte der Dichter gequält zu seiner Frau, »es wird Zeit, daß wir uns zurückziehen. Ich muß noch Briefe beantworten … Briefe, *n'est-ce pas*«, fügte er mit einem letzten Aufflackern seiner alten Gehetztheit hinzu, »die auf mir lasten wie unbezahlte Rechnungen. Diskutiert ungeniert weiter, ihr drei. Ach, und frag Matthew doch, ob er hier übernachten will«, meinte er, an Théo gewandt. »Dieses Hotel hört sich ja scheußlich an.«

Dann stand er auf und verließ vor seiner immerzu vor sich hin lächelnden Gattin das Eßzimmer in derart mechanischem Gang, daß man nicht überrascht gewesen wäre, aus seinem Rücken einen Aufziehschlüssel ragen zu sehen.

Von oben, von irgendwo im Äther, sah das karierte Tischtuch eindeutig wie ein Schachbrett aus. Das Schicksal ließ seine Bauern aufmarschieren, verstärkte die Verteidigung, ordnete die Angriffslinien. Doch ein solches Gefecht kommt ohne die Konvention der sich abwechselnden schwarzen und weißen Quadrate aus. Es handelte sich um ein Spiel, das man genausogut in der Wüste oder am Meer spielen kann. Das Motiv des Tischtuchs war bloß ein Scherz unter Kennern.

Isabelle zündete sich eine Zigarette an, schenkte Matthew ein strahlendes Lächeln und sagte bloß: »Tja!«

»Was soll das heißen?«

»Na, komm schon, mein Kleiner. Warum hast du *uns* nie mit deinen philosophischen Spekulationen verzaubert? Papa war schwer beeindruckt.«

»Papa hat nichts als Scheiße im Kopf«, versetzte Théo und stocherte mürrisch in seinen Zähnen.

»Mir war er sympathisch – sie übrigens auch«, sagte Matthew. »Ich fand beide wirklich nett.«

Isabelle hatte wie üblich eine Theorie auf Lager. »Die Eltern unserer Mitmenschen sind immer netter als die eigenen«, sagte sie und klopfte sich die Zigarettenasche in die hohle Hand. »Aus unerfindlichen Gründen«, fuhr sie nachdenklich fort, »sind aber die eigenen Großeltern immer netter als die unserer Mitmenschen.«

Matthew starrte sie an.

»Das habe ich mir noch nie überlegt. Aber du hast recht, genau so ist es.«

»Du bist süß«, sagte Isabelle mit einem Lächeln, das sie unvermittelt zu einem Gähnen verzog, »und ich hau mich jetzt aufs Ohr. Träumt was Schönes!«

Sie ging um den Tisch herum, streifte sich dabei die flachen Pantoffeln ab und gab zuerst Théo und dann, ohne zu zögern, auch Matthew einen Kuß.

»Übrigens«, fragte sie zwischen Tür und Angel, »schläfst du hier?«

»Wenn's euch recht ist.«

»Prima.«

Théo zeigte Matthew sein eigenes Zimmer. Das Bett war nicht gemacht. In einer Ecke stand ein Klavier. Die Regale waren vollgestopft mit Filmlexika, Monographien von Regisseuren und Autobiographien von Hollywood-Stars, verfaßt von Ghostwritern. An den Wänden hingen Fotos verschiedener Schauspieler und Schauspielerinnen: Marlon Brando, der sich mit der coolen Lässigkeit eines Panthers gegen ein klobiges Motorrad lehnte; Marilyn Monroe, die mit gespreizten Beinen auf dem Abluftschacht der New Yorker U-Bahn stand, während sich ihr weißes Kleid um die Schenkel bauschte wie eine fabelhafte Orchidee; Marlene Dietrich, deren makelloser Teint das genau gleiche Korn hatte wie das Foto selbst. Auf einem Diwan neben der Tür stapelten sich Ausgaben der

Cahiers du Cinéma. Und über Théos Bett hing ein kleines, ovales Porträt, das unter all den Starfotos einen Ehrenplatz einnahm, da es von einem professionellen Rahmenmacher aufgezogen worden war. Es zeigte ein Standfoto von Gene Tierney in *Laura*.

Obwohl Matthew unbedingt hatte wissen wollen, wie dieses Zimmer, über das er schon oft phantasiert hatte, aussah, befiel ihn nun ein Déjà-vu-Gefühl, eine obskure Überzeugung, nicht nur schon einmal hier gewesen zu sein, sondern hier auch schon etwas Wichtiges erlebt zu haben. Nach wenigen Sekunden ortete er die Quelle seines Unbehagens. Was war dieses ungemachte Bett, dieser Stapel von *Cahiers du Cinéma,* was waren diese Starfotos und dieses ovale Porträt anderes als – rätselhaft vertauscht – das ungemachte Bett, der Stapel von Brettspielen, der Collegewimpel und die Fotos mit den schönen Profilen auf dem Teppich des Schlafzimmers seines besten Freundes in San Diego?

Mitternacht war inzwischen vorüber. Théo hatte offensichtlich gehofft, noch ein bißchen fachsimpeln zu können. Er hatte sich darauf gefreut, bis in die frühen Morgenstunden ausgestreckt auf dem Bett über Filme zu diskutieren und dazu vielleicht auch einen Joint zu rauchen.

Matthew dagegen wollte ungestört und in Zeitlupe noch einmal den Film des Tages abspielen. Deshalb reagierte er auf Théos Fragen auch ausgesprochen maulfaul. Wie ein naiver Schauspieler gähnte er ostentativ und hoffte, sein Freund verstehe den Wink.

Schließlich gab Théo unwillig nach und zeigte ihm

das ebenso karg wie elegant eingerichtete Gästezimmer: Parkettboden, drei schlichte Stühle, eine schmale Pritsche und oberhalb der Pritsche – dort wo in Théos Schlafzimmer das Porträt von *Laura* hing – ein gerahmter Druck von Delacroix' *La Liberté guidant le peuple.* Auf dem Gesicht der üppigen, barbusigen Personifikation der Freiheit klebte ein Foto von Rita Hayworth.

Als er endlich allein war, zog sich Matthew gemächlich aus und spulte das ungeschnittene Filmmaterial, das er sich in dieser Nacht vorführen wollte, durch seinen inneren Projektor. Manche Details stachen bereits wie die Einzelbilder heraus, nach denen ein Cutter den gegen das Licht gehaltenen Zelluloidstreifen absucht – Watteaus *Gilles* im Louvre, die Küsserei vor dem Gebäude, das Kampfgetöse auf der Esplanade. Angestrengt versuchte er diese Bruchstücke von seinem inneren Auge fernzuhalten. Er wollte sich nicht mit einer Auswahl an Highlights zufriedengeben. Alles hatte sich in der richtigen Reihenfolge und im richtigen Tempo abzuspielen.

Absurderweise bekreuzigte er sich vor Delacroix' *Liberté,* verrichtete pflichtschuldig sein Gebet und schlüpfte in Unterhosen unter die Bettdecke. Im Halbdunkel konnte er das wie hingeflüsterte Flattern der Vorhänge auf der anderen Seite des Zimmers ausmachen. Er schloß die Augen. Er beobachtete, wie der Vorhang aufging. Der Film begann.

Später in der Nacht, der Film war längst abgespult, wachte er auf. Zunächst wußte er überhaupt nicht, wo er sich befand. Dann fiel es ihm wieder ein. Und schließlich stellte er entsetzt fest, daß er aufgewacht war, weil er auf die Toilette mußte, welche Théo ihm aber nicht gezeigt hatte.

Flink zog er sich an und trat auf den Korridor. Doch er hatte die Orientierung verloren und fand sich in der Topographie dieser Wohnung, die zellenartig wie ein Bienenstock eingeteilt war, nicht mehr zurecht. Der erste Korridor ging im rechten Winkel in einen zweiten über. Auf der linken Seite war eine Tür nur angelehnt. Verstohlen stieß er sie auf und spähte hinein. Badewanne, Waschbecken, Handtuchhalter. Er machte Licht, trat ein und verriegelte die Tür.

Das Badezimmer war jedoch ein reines Badezimmer, keine Toilette. Nach monatelangem Aufenthalt in einem äußerst schäbigen Hotelzimmer an der *rive gauche* trat Matthew schon fast instinktiv ans Waschbecken. Er drehte den Kaltwasserhahn auf, stellte sich auf die Zehenspitzen und urinierte.

Als er wieder im Korridor stand, ging er denselben Weg zurück. Die Luft im Haus hatte sich in Stein verwandelt. Direkt vor ihm lag eine Tür, darunter ein schmaler Lichtstreifen. Lautlos schlich Matthew darauf zu. Er warf einen letzten Blick in den Korridor und öffnete die Tür.

Es war Théos Zimmer, nicht das seine. Eine blaue Nachttischlampe, die nicht ausgeknipst worden war, warf einen blassen Lichtkegel übers Bett. Und was erblickte Matthew? Théo und Isabelle.

Isabelle war ein Balthus. Im Schlaf ausgestreckt, lag sie auf dem Bett, halb unter, halb auf der Decke, ihr schiefer Körper in einer Pose entrückter Mattigkeit, ihr zerzauster Kopf auf dem Kissen nach hinten geworfen.

Eine Haarsträhne streifte ihre Lippen, und sie trug ein schlichtes weißes Unterhemd und einen weißen Slip und sah aus wie vierzehn.

Neben ihr lag der nackte Théo. Auch er schlief, ein Bein unter der Decke, das andere darüber, und erinnerte an einen Harlekin in zweifarbigen Pantalons, das linke Bein hell, das rechte dunkel. Er lag auf dem Rücken, sein Fuß hing über das Bettende, während der Kopf so auf den Handflächen ruhte, als hätte sich der Schläfer auf freiem Feld ausgestreckt. In den Achselhöhlen sah man zwei gekräuselte Schatten; der dritte, der am menschlichen Körper die Spitze eines auf dem Kopf stehenden Dreiecks bildet, wurde vom Bettzeug genau dort verdeckt, wo Théos nackter Oberschenkel hervorkam.

Außergewöhnlich war der Anblick der beiden deshalb, weil die Glieder des einen scheinbar auch dem anderen gehörten.

Matthew verharrte eine Ewigkeit reglos auf der Türschwelle des Zimmers, wobei ihn weniger die an einen Autounfall erinnernde Verschlungenheit der Körper in den Bann zog als vielmehr das Rätsel des Androgynen.

Schließlich zog er leise die Tür zu und schlich auf Zehenspitzen davon.

Als er nach unruhiger Nacht am folgenden Morgen die Augen öffnete, sah er vor sich Isabelle so auf dem Bettzeug kauern, als wolle sie ihn gleich anspringen. Sie spähte ihm ins Gesicht. Über die Schultern hatte sie sich einen altmodischen wollenen Morgenrock in dunklem Kastanienbraun geworfen. Ärmel und Rockaufschläge wurden von gerippten Borten gesäumt, die so verdreht waren wie die Schlaufen an der Uniform eines Operettenhusaren. Das kurze Aufblitzen eines pastellbleichen Oberschenkels ließ vermuten, daß sie unter dem Mantel immer noch das weiße Unterhemd und den Slip der vergangenen Nacht trug.

Matthew wußte nicht, wie lange sie schon in dieser Haltung vor ihm saß, und sie ließ ihm auch gar keine Zeit, danach zu fragen. Statt dessen drückte sie ihm sogleich den Zeigefinger auf die Lippen und flüsterte mit der Stimme einer Hypnotiseurin: »Nicht sprechen. Das ist ein Befehl.«

Die Zunge leicht herausgestreckt, die Hand vollkommen ruhig, halb Schulmädchen, halb Chirurgin, fuhr Isabelle nun mit dem Finger in den weichen Spalt seines linken Augenwinkels und pulte bedächtig den brüchigen Stalaktiten des Schlafes heraus. Nachdem sie diesen auf der Fingerspitze einer gründlichen Prüfung unterzogen hatte, schnippte sie ihn weg und zog auch aus dem rechten Augenwinkel ein gelbliches Schorfstück. So winzig sich die beiden Verkrustungen auf ihrem Finger ausnehmen mochten, schien es Matthew doch, als hätte man ein Würfelpaar aus seinen Augen entfernt.

Nach Abschluß der Operation sank Isabelle graziös in ihre kniende Haltung zurück.

»Guten Morgen!«

Matthew richtete sich langsam von seinem Kissen auf. Er hielt sich weiterhin mit dem Bettzeug bedeckt, denn außer seinen Unterhosen hatte er nichts am Leib.

»Und was hat das werden sollen?«

»Aber mein kleiner Matthew«, antwortete sie, »ich habe dir nur den Schlaf aus den Augen gerieben. Du hast ja so schöne Augen! Bei Théo darf ich das jeden Morgen tun, aber einen solchen Nachschlag wollte ich mir natürlich nicht entgehen lassen.«

»Du hast ja seltsame Wünsche!«

»Findest du?« fragte Isabelle und sprang auf. »Hat es dir denn nicht gefallen?«

»Sollte es das?«

»Natürlich«, antwortete sie und klatschte in die Hände. »Und jetzt raus aus den Federn! Das ganze Haus ist schon auf den Beinen und steht Monsieur zu Diensten.«

Sie zog die Schleppe ihres Mantels hinter sich her, streifte durchs Zimmer, wobei sie planlos nach Objekten griff, die sie in beiden Händen wiegte, als suchte sie nach vielen Jahren die Stätten ihrer Kindheit auf.

Matthew rührte sich nicht. Im Schutz seiner Bettdecke beobachtete er sie fasziniert.

Schließlich wandte sie sich nach ihm um.

»Worauf wartest du noch?«

»Bitte, Isabelle, ich bin noch nicht angezogen.«

Sie lächelte ihn an, zog die Augenbrauen zu einer Art »Na und?« hoch und schwebte weiter durchs Zimmer, huschte vom Bett zu einem der Stühle, vom Stuhl zu einer Biedermeierkommode, von der Kommode zu Delacroix' *Liberté*, wobei sie alles entweder sanft mit den Fingerspitzen abstaubte oder aber mit zärtlicher Hand streichelte.

Auf dem Höhepunkt dieser Galavorstellung überfiel sie Matthew mit einer Frage.

»Wer in welchem Film?«

Ohne eine Sekunde zu zögern, antwortete er: »Die Garbo in *Queen Christina*. Die Szene, in der sie von dem

Zimmer Abschied nimmt, in dem sie mit John Gilbert geschlafen hat.«

»In Zukunft, in meiner Erinnerung«, ahmte Isabelle krächzend den Akzent der schwedischen Schauspielerin nach, »werde ich oft in diesem Zimmer leben.«

Sie warf unter der Mantelschleppe ein nacktes Bein nach hinten, öffnete die Schlafzimmertür und rief ihm über die Schulter zu: »Das Badezimmer ist am Ende des Korridors, erste Türe links. Wir haben hier unseren eigenen Flügel, und wenn du in einer Minute nicht dort bist, kommen wir dich holen.«

Die Tür knallte zu.

Beim Aufwachen hatte Matthew ein leises Unbehagen verspürt, dem er allerdings wegen Isabelles Zudringlichkeit nicht hatte nachgehen können. Nun aber ortete er dessen Ursache. Isabelle hatte soeben gesagt, sie und Théo hätten »ihren eigenen Flügel«. Meinte sie damit einen Flügel der Wohnung? War das der Grund, weshalb Bruder und Schwester so ungestraft miteinander schlafen konnten, als wären sie eine Art Romeo und Julia, deren Liebe gerade deshalb unter einem Unstern stand, weil sie nur aus einer anstatt aus zwei Familien stammten? Oder hatte Isabelle in den Armen ihres Bruders lediglich Trost gesucht, Trost vor dem Alleinsein, vor der Schlaflosigkeit? Oder hatte Matthew Isabelles Verzückung bloß mißdeutet, ihren hingeworfenen Körper, ihre Hände, ihre Füße, jene hinreißenden, weit ausgebreiteten Extremitäten, die wie die Sterne auf einer Himmelskarte durch verrenkte milchweiße Glieder verbunden waren?

66

Er traf Théo und Isabelle im selben Badezimmer an, in das er bereits in der Nacht gestolpert war. Sie steckten beide noch in ihrer Unterwäsche. Théo fuhr sich mit dem Rasierapparat durchs Gesicht, während Isabelle auf dem Badewannenrand saß und sich die Zehennägel schnitt.

Ein englisches Sprichwort besagt, daß die Reinlichkeit direkt neben der Gottseligkeit liege, und in diesem Sinne kann auch ein Schwimmbad unmittelbar an eine Kirche angrenzen. Mochte das kleine Tableau noch so unschuldig sein: Matthews Nase erfüllte es mit dem vielschichtigen Duft sämtlicher Schwimmbäder, in denen er je gewesen war.

Als Knabe hatten ihn Schwimmbäder dermaßen fasziniert, daß aus ihm ein weitaus besserer, schnellerer, stärkerer Schwimmer geworden war, als er oder sonst jemand es einem so schmächtigen Bürschchen zugetraut hätte.

Doch im Grunde zogen ihn damals gar nicht die Schwimmbäder selbst an, obwohl er die jugendlich-maskulinen Kunstspringer, welche an prächtige, sich als Karyatiden und Springbrunnen verdingende Statuen erinnerten, sehr gern beobachtete, wenn sie mit der kraftvollen Grazie von Torpedos ins Wasser tauchten und sich ungestüm daran machten, dieses wie lauter Scheren in Streifen zu schneiden. Vielmehr erregte das, was sich hinter den Kulissen abspielte, seine damals noch kaum entwickelten Sinne. Dort nämlich entdeckte er urplötzlich einen Cocktail aus Seife und Sperma und Schweiß, in dem geschmeidige junge Männer, Millionäre der Schön-

heit, Dandys der Nacktheit, Goldmedaillengewinner in
den Disziplinen Kraft, Körperhaltung und Selbstbewußt-
sein, zwischen schmuddeligen Kabinen hin und her
streiften und ihre Körper wie Schaufensterpuppen zur
Schau stellten, sei es in der Pose von Botticellis Venus
oder in jener von Bouchers Miss O'Murphy, der man am
liebsten einen Klaps auf den rosaroten Po gegeben hätte.
Und manchmal war in einer Nische sogar ein halbwüch-
siger Narziß zu sehen – die Beine übereinandergeschla-
gen, ein Handtuch so lässig um den Leib geschlungen,
daß sein Geschlechtsteil für einen Augenblick sichtbar
wurde –, *in flagrante delicto* mit sich selbst, wobei Haltung und Mienenspiel an einen Samurai auf dem Gipfel
des Harakiri erinnerten.

»Da«, sagte Théo und drückte Matthew den Rasierapparat in die Hand. »Nimm meinen.«
    Zunächst wußte Matthew nicht recht, wie er reagie-
ren sollte – und eben dieses Zögern raubte ihm jede
Möglichkeit, sich zu verstellen, denn schon im nächsten
Moment begann Théo Matthews Gesicht, das Gesicht
eines stubenreinen Muttersöhnchens, genauso gründlich
zu mustern, wie es am Vorabend sein Vater getan hatte.
    »Du brauchst gar keinen Rasierapparat, stimmt's?«
    Isabelle ließ sich vom Badewannenrand gleiten und
trat auf Matthew zu.
    »Das muß ich sehen!«
    Die beiden weißen Unterhemden, die beiden weißen
Slips, einer davon im Schritt gewölbt, der andere unter-
legt mit der dunklen Silhouette eines dreieckigen Hü-
gels: nichts hätte ihn heftiger aufreizen und bis ins Mark

erregen, nichts aber auch mit größerer Panik erfüllen können.

Er wich zurück, sah sich allerdings sogleich gegen die geschlossene Tür gedrückt, an der verschiedene Morgenröcke und Bademäntel hingen.

Als Isabelle die Hand ausstreckte, um seine Wange zu streicheln, stieß er sie weg.

»Schluß jetzt! Laßt mich in Ruhe.«

Bruder und Schwester wichen zurück. Sie hatten sich an die Unterwürfigkeit gewöhnt, mit der er sonst auf ihr Sticheln und Spötteln reagierte. Sie glaubten, Matthew sei inzwischen immun dagegen, wie auch sie längst immun waren gegen den Schabernack ihrer gegenseitigen Frotzeleien. Sie erschraken, weil sie sich auf so beengtem Raum seinem Blick ausgesetzt sahen, diesen riesigen gekränkten Augen, die nicht nur sein Gesicht, sondern das ganze enge Badezimmer verschlangen und den Wänden und der Decke, aber auch dem Sturz und dem Gesims entgegenquollen wie ein überdimensionales Augenpaar bei Magritte.

»Na schön, ich rasiere mich nicht«, sagte er mürrisch. »Was soll's?«

»Nichts«, murmelte Isabelle mit einem zerknirschten Lächeln.

»Schon bei meinem Vater war das so«, fuhr er fort. »Er begann sich erst nach zwanzig zu rasieren. So selten kommt das übrigens gar nicht vor.«

»Klar. Allerdings ist es schon …«

»Was?«

»Ungewöhnlich für einen Amerikaner, oder?« sagte Isabelle. »Ein Mexikaner wäre logischer.«

»Ein Mexikaner?«

»Ein mexikanischer Nackthund.«

»Und was ist ein mexikanischer Nackthund?«

»Eine Hunderasse aus Mexiko«, antwortete Isabelle, »die aber erstaunlicherweise gar nicht nackt ist, sondern am gleichen Ort wie wir Menschen Haare hat. Stellt sich die Frage, ob auch du das hast?«

»Was?«

»Hast du Haare ... hier?«

Und unverfroren zeigte sie auf die entsprechende Stelle an ihrem Körper.

Liebe macht blind, aber nicht taub.

Matthew spürte, wie seine Unterlippe bebte. Binnen kurzem würde sie sich in ein kraftloses, wabbeliges Stückchen Johannisbeergelee verwandeln. Den Mund voller Zahnpasta und Wasser, ließ er die beiden kurzerhand stehen.

Als er durch den Korridor aufs Gästezimmer zustürmte, hörte er, daß zwischen Théo und Isabelle ein Streit losbrach und eine Tür zugeschlagen wurde. Atemlos und noch immer in Unterwäsche, holte Théo ihn ein, wobei er sich das Kinn mit einem Handtuch abtrocknete.

»Nimm's nicht tragisch«, sagte er und legte ihm den Arm um die Schulter. »Das ist gar nichts im Vergleich zu dem, was ich mir jeden Tag anhören muß.«

»Zu spät. Ich gehe.«

»Du gehst? Aber du hast ja noch gar nicht gefrühstückt.«

»Ich frühstücke nie.«

»Aber wir wollten dich gerade bitten hierzubleiben.«

»Was?«

»Unsere Eltern fahren morgen für einen Monat nach Trouville. Und da dachten wir, daß du vielleicht Lust hast, zu uns zu ziehen. Du brauchst doch nicht zurück in dein Zimmer zu gehen? Oder hast du die Miete vorausbezahlt?«

»Nein …«

»Na, dann bleib hier. Sonst ist Isa furchtbar enttäuscht. Wir haben es letzte Nacht besprochen.«

Er hatte sich verplappert. Da Isabelle am Vorabend als erste vom Tisch aufgestanden war, hätten sie und Théo eigentlich bis zum Morgen gar nicht mehr miteinander plaudern können. Doch Matthew beschäftigten nun nicht mehr solch kleinkarierte, sondern weit gewichtigere Argumente.

Man hatte ihm einen privilegierten Zugang zu einer geheimen Welt angeboten, einer Welt, die ihm bisher verschlossen gewesen war, einem Planeten, der weit vom Sonnensystem der rechtschaffenen Durchschnittsbürger entfernt lag, welche ja, wie die Astronomen des Mittelalters, dieses Sonnensystem gern mit dem eigentlichen Universum verwechseln. Es war eine Welt, von der er vor vierundzwanzig Stunden noch gar nichts gewußt hatte. Mit ihren Bewohnern war er lediglich zusammengekommen, wenn diese gerade Lust hatten, unerkannt wie Kalifen oder Engel durch die gewöhnliche Welt der rechtschaffenen Durchschnittsbürger zu streifen.

Dieser um die Place de l'Odéon kreisende Planet barg neben verschlungenen Beinen, ungemachten Betten, einem warmen, feuchten Gemeinschaftsbadezimmer, dessen Fenster beschlagen und dessen Düfte suspekt waren, noch weitere ungelüftete Geheimnisse, zu denen er aber vielleicht ebenfalls Zugang erhalten würde.

In die Wohnung einzuziehen, und sei es für noch so kurze Zeit, wäre ein Fehler – dessen war er sich sicher. Nicht in die Wohnung einzuziehen wäre allerdings ein ebenso großer Fehler. Es kam nur darauf an, den richtigen und nicht den falschen Fehler zu machen.

Als Isabelle ihm einen keuschen schwesterlichen Kuß auf die Stirn drückte und sich in einem Tonfall, der zumindest aufrichtig klang, für ihre Taktlosigkeit entschuldigte, sagte Matthew ja. Seine Siebensachen wollte man noch am selben Tag aus dem Hotel holen.

Die Wohnung verfügte, wie sich herausstellte, tatsächlich über so etwas wie einen Flügel, der ganz dem Nachwuchs vorbehalten und von diesem sogar auf den Namen *le quartier des enfants* getauft worden war. Auf dem Weg in die Küche, wo die drei inzwischen mit aufgestützten Ellbogen am Tisch saßen und gebutterte *tartines* in Kaffeeschalen tunkten, war Matthew die große Entfernung zwischen ihren Schlafzimmern und dem Zentrum des Haushalts aufgefallen.

Da der schwächliche Matthew als Kind nie in ein Sommerlager gesteckt worden war und deshalb auch nie die Erfahrung gemacht hatte, außerhalb der eigenen Familie zu frühstücken, war er entschlossen, die Erinnerung an diesen allerersten Morgen mit der gleichen Sorgfalt zu bewahren, die man einem durch keine Projektion zerknitterten Filmnegativ entgegenbringt. Doch seine Entschlossenheit führte nur dazu, daß all seine Gesten unnötig feierlich ausfielen. Wie Königin Christine glaubte auch er, Kaffeeschale, Löffel und Zuckerstreuer zum letzten und nicht zum ersten Mal zu berühren.

Es regnete den ganzen Tag, und die drei Freunde blieben im Haus. Der Dichter hatte sich früh in sein Arbeitszimmer zurückgezogen, um seine Inspiration zu pflegen, und zeigte sich an Matthews Wohlergehen nicht weiter interessiert. Seine Frau war für die Reise nach Trouville einkaufen gegangen.

Die jungen Männer verbrachten den Tag wie müßige Katzen in Théos Schlafzimmer, plauderten, veranstalteten Ratespiele, um ihr Filmwissen zu testen, und brachten Théos Alben auf den neuesten Stand.

Isabelle dagegen hatte wenig übrig für solch infantile Hobbys. Sie las einen Roman von Queneau, dessen Seiten sie so begierig umschlug, als kündigte jedes Seitenende eine phantastische Wendung an, deren Folgen sich erst oben auf der nächsten Seite zeigten. Von Zeit zu Zeit reckte sie ihre knochigen Glieder, griff hinüber zu einem kleinen Plattenspieler auf dem Teppich und spielte immer wieder das gleiche verkratzte Chanson, Charles Trenets *»Que reste-t-il de nos amours?«*, nach dem sie geradezu süchtig war.

> *Ce soir le vent qui frappe à ma porte*
> *Me parle des amours mortes*
> *Devant le feu qui s'éteint.*
> *Ce soir c'est une chanson d'automne*
> *Devant la maison qui frissonne*
> *Et je pense aux jours lointains.*

Que reste-t-il de nos amours?
Que reste-t-il de ces bons jours?
Une photo, vieille photo
De ma jeunesse.

Que reste-t-il des billets-doux,
Des mois d'avril, des rendezvous?
Un souvenir qui me poursuit
Sans cesse.

Bonheurs fanés, cheveux aux vents,
Baisers volés, rêves mouvants,
Que reste-t-il de tout cela?
Dîtes-le-moi.

Un p'tit village, un vieux clocher,
Un paysage si bien caché,
Et dans un nuage le cher visage
De mon passé.

Als Isabelle sich anschickte, das Lied zum neunten oder zehnten Mal zu spielen, funkelte ihr Bruder sie böse an.

»Wenn ich mir diese Platte noch ein einziges Mal anhören muß, zerbreche ich sie, ich schwör's.«

Isabelle riß die Augen auf und guckte verwundert.

»Aber du hast Charles Trenet doch gern.«

»Irrtum, das war einmal.«

»Jetzt hör dir den an, Matthew! Théo hat *Laura* achtmal gesehen – achtmal, das muß man sich vorstellen! Und er will mir verbieten, eine kleine Schallplatte zu spielen. Der kann mich mal!«

Und mit betonter Nonchalance und Unerschütterlichkeit setzte sie die Nadel abermals auf.

Nach dem standesgemäßen Knistern und Kratzen, das
entsteht, wenn sich eine Schallplatte räuspert, ertönte
Trenets Stimme.

Ce soir le vent qui frappe à ma porte
Me parle des amours mortes
Devant le feu qui s'éteint.

Théos langer, träger Körper begann sich zu regen, und
Isabelle stellte sich sogleich schützend vor den Plattenspieler. Ein Scharmützel schien unvermeidlich. Dann:

Que reste-t-il des billets-doux,
Des mois d'avril, des rendezvous?
Un souvenir qui me poursuit …
Un souvenir qui me poursuit …
Un souvenir qui me poursuit …

Die Platte hatte einen Sprung.

Doch anstatt die Wogen zu glätten, stachelte dieses
Malheur Théos Wut nur noch an. Isabelle suchte ihn mit
den Fäusten wegzustoßen und protestierte mit mäd-
chenhaftem Gezeter.

»Hör auf, hör auf! Warte! Los Matthew, rat schon.
Welcher Film?«

»Was?«

Isabelle versuchte immer noch, Théo abzuhalten.

»Nenn einen Film – *arrête, je te dis!* – nenn einen Film

mit einer Schallplattennadel, die springt. Wenn du die Antwort nicht weißt, ist ein Pfand fällig.«

»Eine Schallplattennadel, die springt?«

»Dalli, dalli, sonst mußt du das Pfand abgeben!«

Matthew zermarterte sich das Hirn und posaunte schließlich hinaus: »*Top Hat!*«

»*Top Hat?*«

»Weißt du nicht mehr? Fred Astaire legt in seinem Hotelzimmer, das über Ginger Rogers' Suite liegt, einen Steptanz hin, worauf die Nadel springt.«

Isabelle sann ein paar Sekunden nach und versuchte sich die Szene zu vergegenwärtigen.

»Er hat recht«, sagte Théo.

»Na bravo, mein kleiner Matthew!« rief Isabelle.

»Und was wäre das Pfand gewesen, Isabelle?«

»Aaah«, erwiderte sie, »das wüßtest du wohl gern!«

Und so nahm das Spiel seinen Anfang.

Isabelle, die allen Dingen einen Namen geben mußte, selbst jenen, die eines solchen gar nicht bedurften, taufte das Spiel *Home Movies*. Dahinter steckte folgende Idee: Sie würden alle seelenruhig ihren Verrichtungen nachgehen, gemeinsam oder alleine, würden lesen, vor dem Kamin Backgammon spielen, die Filme in *L'Officiel des Spectacles* mit Sternchen versehen – meist handelte es sich ohnehin um die banalsten Tätigkeiten –, bis einer von ihnen, dem unverhofft ein Erinnerungsfetzen zuflog, plötzlich innehielt, den beiden anderen ein Stückchen *mise en scène* vorspielte und dazu laut rief: »Welcher Film?« oder »Welche Szene?« oder auch »Nenn mir eine Figur, die ...«

Und so stellte Théo noch am gleichen Tag beim Sortieren von Zeitungsausschnitten, die sich im Laufe der Jahre angesammelt hatten, einen gläsernen Briefbeschwerer, der einen Schneesturm auslöste, wenn man ihn umdrehte, auf den Stapel. Ungestüm stieß er diesen nun, sei's mutwillig oder nicht, mit der Schulter auf den Teppich. Ohne Théo überhaupt Gelegenheit zu geben, die obligate Frage zu stellen, riefen Matthew und Isabelle wie aus einem Mund: *»Citizen Kane!«*

Das war einfach gewesen. Mit der Zeit nahm der Schwierigkeitsgrad aber zu. Eines Morgens kam es in der Küche zu folgendem Wortwechsel zwischen Matthew und Théo.

»Théo, könntest du wohl …«

»Matthew, würdest du …«

Zuerst Schweigen, dann:

»Los, sag scho…«

»Pardon, was hast …«

Wieder Schweigen.

»Ich möchte nur …«

»Was ich sagen …«

In diesem Moment schnappte Matthew zu.

»Nenn einen Film!«

»Was?«

»Mach schon, Théo. Nenn einen Film, einen einzigen Film, in dem zwei Menschen immer wieder gleichzeitig zu sprechen versuchen.«

Daraufhin riefen sie wild durcheinander: »Sag's nicht, sag's nicht!« wehrte der eine ab, »die Zeit ist um, her mit dem Pfand!« erwiderte der andere, bis Théo entweder den Film nannte oder das Pfand abgab.

Dieses Pfand war zu Beginn rein finanzieller Natur. Ein Franc, zwei Francs, fünfzig Centimes, je nach Finanzlage des Opfers und Laune des Siegers. Doch schon bald wurden sie der läppischen Bußgelder überdrüssig, die sowieso immer sinnloser erschienen, weil ihre bescheidenen Mittel am Ende doch alle im selben Topf landeten. Nein, da eine Hierarchie der Prüfungen, Feuerproben und Herausforderungen das Spiel, welches ganz harmlos mit kindischem Schabernack und Gekicher begonnen hatte, allmählich in ein Sakrament und eine Liturgie verwandelte, kam auch dem Pfand plötzlich eine ganz neue Bedeutung zu.

Doch kehren wir zurück zu jenem ersten Nachmittag. Théo und Matthew verließen die Wohnung um fünf. Théos Mofa stand, mit einer Kette abgeschlossen, am Fuße der Treppe im Hauseingang. Théos Plan sah vor, daß er Matthew auf dem Soziussitz zum Hotel mitnahm, dort seinen Passagier ablud und sich wieder nach Hause begab, während Matthew seine Sachen packte und mit dem Taxi zurückfuhr. Doch seine Route wies einen Umweg auf, den er nicht einmal Isabelle anvertrauen wollte; er hatte nämlich die Absicht, einen kleinen Abstecher in die Cinémathèque zu machen, um zu sehen, ob diese wieder geöffnet war. Da er aber die spitze Zunge seiner Schwester fürchtete, verpflichtete er Matthew unter Androhung körperlicher Gewalt zu absolutem Stillschweigen.

Doch wer jemanden anfleht, ein Geheimnis zu hüten, plaudert es mit größter Wahrscheinlichkeit als erster aus. In diesem Fall geschah dies sogar so schnell, daß Isabelle, als Matthew ins *quartier des enfants* zurückkehrte, in Dinge eingeweiht war, die er ihr nicht einmal unter Folterqualen verraten hätte. Überflüssig zu sagen, daß das *Fermé*-Schild noch immer am Gitter der Cinémathèque hing.

Doch auch Matthew hatte sein Geheimnis. Es war Dienstag, jener Wochentag also, an dem er normalerweise zur Beichte ging. Und so machte er sich, kaum war Théo davongetuckert, vom Hotel in die Gegenrichtung davon und nahm die Metro zur Avenue Hoche.

Dort, in der englischen Kirche, stand in einer Nische gegenüber dem Beichtstuhl eine Gipsmadonna mit einer Erdkugel, die sie mit beiden Händen wie einen Basketball über dem Faltenwurf ihres Gewandes festhielt. Ihr blasser Kopf war seitwärts geneigt. Ihr sternenumflorter Heiligenschein glich einem herumwirbelnden Ventilator. Ihre glasigen, ins Nichts starrenden Augen standen zwar offen, wirkten aber geschlossen, so als hätte man auf die Oberfläche ihrer Lider falsche Pupillen gemalt.

Matthew kniete sich vor ihr nieder und betete für etwas, wofür zu beten sich nicht schickt und was er, falls es dazu käme, zu beichten und wofür er Buße zu tun hätte.

Vergeblich kämpfte er dagegen an, seine blasphemische Bitte – und sei es wortlos – auszusprechen. Das Problem mit dem Fleisch liegt aber nicht darin, daß es schwach, sondern daß es stark ist.

Die Jungfrau Maria erhörte sein Gebet tatsächlich. Ihre gemalten Augen vergossen keine Tränen, diejenigen von Matthew aber durchaus, was ja auch schon fast ein Wunder darstellt.

Als er durch den Mittelgang zurückging, sah er eine ältere Frau aus dem Beichtstuhl treten. Nach kurzem Zögern ging er selbst hinein.

»Bitte segnen Sie mich«, murmelte er, »denn ich habe gesündigt.«

Der Priester sprach mit irischem Akzent und einer grunzenden, sonoren Stimme.

»Wann haben Sie zum letztenmal gebeichtet?«

»Sie haben mich falsch verstanden«, sagte Matthew ungeduldig, denn er wollte die Sache rasch hinter sich bringen. »Ich habe *eben jetzt* gesündigt. Hier in Ihrer Kirche.«

»Hä?« fuhr der verschlafene Priester jäh aus seiner Lethargie hoch.

Im Hotel stopfte Matthew seine Habseligkeiten in einen Lederkoffer und eine TWA-Reisetasche. Darauf beglich er an der Rezeption die Rechnung und ließ sich ein Taxi kommen.

Als dieses beim Carrefour de l'Odéon vor einer Ampel hielt, donnerte gerade ein Feuerwehrauto mit heulender Sirene vorbei. Die mächtigen Schläuche waren in einer Nische eng wie Haarschnecken aufgerollt, und die scharlachroten Feuerwehrmänner klammerten sich, als wären es Keystone Kops, in Todesangst fest. Der Anblick erinnerte Matthew an sein Schlafzimmer in San Diego, an das Haus seiner Eltern und die Häuser der Nachbarn, die allesamt Sprinkleranlagen auf dem Rasen und cremefarbene Kombiwagen vor dem offenen Garagentor stehen hatten. Feuerwehrautos haben etwas Anheimelndes und nähren unverhofft die Sehnsucht.

Er wandte den Blick wieder ab. Die Ampel schaltete auf grün, und das Taxi fuhr weiter.

Noch am gleichen Abend lud Matthew Théo und Isabelle in ein kleines Fischrestaurant an der Place Bienvenue in Montparnasse ein, denn er wollte sich für ihre Gastfreundschaft revanchieren. Sie bestellten eine gewaltige Platte mit Austern, Muscheln, Langusten, Wellhornschnecken, Garnelen, Krabben und Hummer, alles auf einem Bett aus zerstoßenem Eis angerichtet. Nachdem sie sich mit Hämmern, Scheren und Zangen über die Platte hergemacht hatten, blieb diese verwüstet wie eine Ausgrabungsstätte zurück.

Wenige Minuten nach Mitternacht kamen sie nach Hause. Der Dichter und seine Frau waren schlafen gegangen, da sie schon im Morgengrauen nach Trouville aufbrechen wollten.

Es war nicht das erstemal, daß sich der Dichter während der Anfangs- oder Schlußphase eines neuen Buches in sein Ferienhaus an der Küste der Normandie zurückzog. Zwar war seine Frau bei früheren Gelegenheiten, als seine Kinder noch richtige Kinder waren, in Paris geblieben, doch inzwischen mußte sie ihm Beistand leisten für den Fall, daß der launenhafte Schutzengel seiner Muse einmal nicht zwanzig Minuten vor oder nach der ewigen Stunde der Inspiration auf dem jungfräulich weißen Blatt landete.

Die Kinder, so argumentierte er, könnten durchaus für sich selber sorgen, seien sie doch reife und vernunftbegabte Wesen. Außerdem gebe es da ja auch noch seine Schwester, eine ledig gebliebene Dame Anfang sechzig, die nach dem Rechten sehen könne.

Und noch jedesmal hatte er sich bestätigt gesehen. Wenn er und seine Frau in die Wohnung zurückkehrten, war diese immer picobello aufgeräumt, und der Nachwuchs erledigte pflichtbewußt die Schularbeiten, übersetzte Vergil oder löste eine Rechenaufgabe, in der es um Rohre, Waschbecken und tropfende Wasserhähne ging.

Niemand ahnte auch nur im Traum, welche Metamorphose Wohnung und Bewohner in der Zwischenzeit durchgemacht hatten. Denn durch die Abwesenheit der Eltern blieben die beiden Jugendlichen jeweils sich und ihren Wünschen überlassen. Diese Wünsche aber waren von einer wunderbaren Vielfalt, und sowohl Théo wie Isabelle nutzten, zumindest seit dem Ende der Pubertät, die gewährten körperlichen und geistigen Freiheiten in vollen Zügen. Wie Zocker, die in Ermangelung von Spielkarten oder Würfeln Wetten auf Autokennzeichen oder darauf abschließen, welcher Regentropfen als erster unten an der Fensterscheibe ankommt, sowie auf alle möglichen anderen Dinge, so bedurften auch sie nur der gegenseitigen und bedingungslosen Komplizenschaft, um in ihr privates Schattenreich abzutauchen.

Wenn sie sich in die große weite Welt wagten, blendeten sie die Scheinwerfer ab wie ein Auto, dem auf nächtlicher Straße ein anderes entgegenkommt. Kaum aber war die Tür zur Welt hinter ihnen zugegangen, blitzten dieselben Scheinwerfer hell auf und blendeten das ungeschützte Auge.

Was nun bevorstand, war nichts Neues. Wenn ihre Verrücktheit diesmal ausgeprägter war, dann mochte das daran liegen, daß die beiden in Matthew endlich ein Kind für die Wiege ihrer Inzucht gefunden hatten.

Die ersten Tage plätscherten ruhig dahin. Jeden Morgen aßen sie in der Küche zum Frühstück kalte Getreideflocken und ließen sich von den eingetrockneten Cornflakesstückchen kaum beeindrucken, die den Rand ihrer ungespülten Schüsseln zusehends verkrusteten. Anschließend fuhr Théo in Begleitung seiner Schwester mit dem Mofa zu dem Gymnasium, das sie beide besuchten, während Matthew die Metro zu seiner eigenen Schule am Stadtrand nahm. Bei ihrer abendlichen Heimkehr warfen sie Mäntel, Jacken und Schals auf den Boden im Korridor und zogen sich in das *quartier des enfants* zurück, wo sie ihren immer zwanghafter werdenden *Home Movies* frönten, über deren Spielstand sie inzwischen genau Buch führten.

Dies waren selige Tage für Matthew, der manchmal nach Schulschluß nur bis zur Metrostation Denfert-Rochereau fuhr und die restliche Wegstrecke zu Fuß ging, beflügelt von der Aussicht, einen weiteren Abend den Torturen seiner geliebten Tutoren ausgesetzt zu sein.

Die Sache konnte jedoch nicht ewig so weitergehen, denn Drogen funktionieren genau auf diese Weise: Listig umgarnen sie ihr Opfer wie ein Falschspieler, der den angehenden Süchtigen ein paarmal gewinnen läßt, bevor er zum Schlag ausholt. Théo und Isabelle waren die geborenen Süchtigen, für deren Verlangen immer nur das Kino und sie selbst als Opiate in Frage kamen. Und Matthew – der im heimatlichen San Diego unter anderen Umständen bestimmt eine Jugendliebe geheiratet hätte, irgendein reizendes, kokettes Ding voller Geduld, Dankbarkeit und Tücke –, Matthew also hatte sich unwiderruflich den Grillenhaftigkeiten der beiden ausgeliefert.

Die erste Phase der *Home Movies,* ihre Frühgeschichte also, dauerte aus diesem Grund nur kurz, und schon bald beschloß Isabelle, die es leid war, auf passende Gelegenheiten für ihre Attacken zu warten, der Sache nachzuhelfen.

Eines Nachmittags – sie trug einen weißen Overall, einen improvisierten weißen Turban und eine Sonnenbrille mit weißem Rand, die sie wie eine Hollywood-Schauspielerin der dreißiger Jahre aussehen ließ, in entspannter Pose fotografiert auf der Veranda ihrer Villa in Bel Air – warf sie einen Blick in Théos Schlafzimmer, in dem Matthew und er einander aus alten Ausgaben der *Cahiers du Cinéma* vorlasen. Isabelles waches Auge registrierte den immer größer werdenden Haufen aus Büchern, Zeitschriften, Unterwäsche, halb aufgegessenen Sandwiches und Erdnußschalen. Selig lächelnd nahm sie sich eine Zigarette, deren Ende sie mit energischem Stakkato gegen die Schachtel klopfte. Theatralisch stieß sie den Rauch aus und rief, nachdem sie die Worte im Mundwinkel geknetet hatte wie einen Kaugummi: »Dreckloch, verdammtes!«

Ohne den Blick von der Seite zu heben, gab Théo mechanisch zurück: »Liz Taylor in *Who's Afraid of Virginia Woolf.*«

Isabelle frohlockte.

»Falsch!«

»Nein, richtig!«

»Nein, falsch!«

»In der Anfangsszene von *Who's Afraid of Virginia Woolf* …«

Als er seinen Irrtum bemerkte, brach er ab.

»Ach so, jetzt verstehe ich. Sie ahmt jemanden nach, nicht wahr? Bette Davis?«

»Und in welchem Film, Bruderherz?«

»Mensch, das sollte ich wissen. Habe ich ihn gesehen?«

»Wir haben ihn miteinander gesehen.«

»Tatsächlich?«

Er dachte angestrengt nach.

»Gib mir einen Tip.«

»Kommt nicht in Frage.«

»Sei doch nicht so! Den Namen des Regisseurs.«

»Nein.«

»Wenigstens den Namen des Regisseurs.«

»Nein.«

»Die Zahl der Wörter im Titel.«

»Nein, und damit basta!«

»Die Zahl der Wörter im Titel – ist das wirklich zuviel verlangt?« Er schlug einen schmeichlerischen Ton an. *»S'il te plaît,* Isa, *s'il te plaît.«*

»Nein.«

»Den ersten Buchstaben des ersten Wortes.«

»Gott, was bist du doch für ein Jammerlappen!« meinte Isabelle abschätzig. »Sag ehrlich, Matthew, findest du nicht, daß er ein Jammerlappen ist?«

»Matthew!« rief Théo. »Du weißt es bestimmt!«

Isabelle erstickte diesen Versuch im Keim. Hatte die Sphinx etwa Ödipus einen Tip gegeben?

Schließlich mußte sich Théo geschlagen geben.

»Beyond the Forest«, sagte Isabelle. »Regie: King Vidor. 1949. Und jetzt her mit dem Pfand!«

»Also gut. Wieviel?«

»Diesmal nicht«, antwortete sie noch immer wie Bette Davis. »Diesmal will ich in Naturalien bezahlt werden.«

»In Naturalien?«

Isabelle schob sich die Filmstarbrille auf die Nasenspitze.

»Ich verlange von dir, daß du vor uns das tust, was ich dich« – sie nahm die Brille nun ganz ab und zeigte mit ihr hinüber zum ovalen Porträt von Gene Tierney – »schon vor der da habe tun sehen.«

Diese Aufforderung – die Matthew zunächst vor ein Rätsel stellte, obschon er spüren konnte, daß neue Schatten durch das Zimmer spukten – stieß auf eisigstes Schweigen, das sich mühelos gegen alle externen, erdgebundenen Geräusche durchzusetzen vermochte. Umsonst kämpfte Trenets Stimme dagegen an.

Ce soir c'est une chanson d'automne
Devant la maison qui frissonne
Et je pense aux jours lointains.

Que reste-t-il de nos amours?
Que reste-t-il de ces bons jours?
Une photo, vieille photo
De ma jeunesse.

Théo sah zuerst Matthew an und wandte sich dann, den Mund zu einer mürrischen Schnute verzogen, abermals an seine Schwester.

»Ich weiß nicht, wovon du sprichst.«

»Und ob du das weißt, mein Goldschatz«, fuhr

Isabelle aalglatt fort. »Du hast nur nicht gewußt, daß ich es weiß. Wenn du am Nachmittag von der Schule kommst und deine Tür verriegelst und der Bettrost zu quietschen beginnt – großer Gott, hältst du mich wirklich für so blöd, daß ich mir nicht ausmalen kann, was da vor sich geht? Abgesehen davon steht dein Bett direkt hinter dem Schlüsselloch.«

Bonheurs fanés, cheveux aux vents,
Baisers volés, rêves mouvants,
Que reste-t-il de tout cela?
Dites-le-moi.

Un p'tit village, un vieux clocher …

»Pfand!« wiederholte Isabelle ruhig.

»Ausgeschlossen.«

»Ausgeschlossen?«

»Das wär's für dich doch auch.«

Isabelle grinste. Sie blickte zum Porträt hoch und meinte: »Gene Tierney ist ja auch nicht mein Typ.«

»Was bist du doch für ein Biest! Ein Biest und eine Sadistin.«

»Nein, ich bin eine Sadianerin, das ist nicht ganz das gleiche.« Sie gähnte. »Na, kommt das Pfand jetzt endlich oder kneifst du? Dir ist doch hoffentlich klar, daß damit unser Spiel zu Ende wäre?«

Théos Blick streifte nacheinander Isabelle, Matthew und das ovale Porträt.

»Na schön, Isa. Das Spiel muß weitergehen.«

Er sprach wie ein Schauspieler, der genau in dem

Moment ein verhängnisvolles Telegramm erhält, da sich der Vorhang für ein geistreiches Konversationsstück hebt.

So nahe wie jetzt hatte Matthew noch nie davor gestanden, Isabelle zu verabscheuen. Er verabscheute sie, weil sie seinem Freund Théo einen erniedrigenden Kontrakt aufgezwungen hatte, über dessen genauen Inhalt Matthew vorläufig im Ungewissen blieb, der aber schon jetzt quälende Erinnerungen an die Demütigungen heraufbeschwor, die einem von höhnischen Pfadfindern in Zelten auf einsamen Waldlichtungen zugefügt werden.

Doch wir sind genau dann am unbarmherzigsten, wenn wir unsere eigene Gemeinheit, unsere eigene scheinheilige Niedertracht in derjenigen eines anderen gespiegelt sehen. Und die Furcht, die ihn packte und die neben Théos Zukunft auch seine eigene auf dieser Insel betraf, auf diesem Planeten, in dieser Wohnung im ersten Stockwerk unweit der Place de l'Odéon – diese Furcht ging einher mit einem fast unbezähmbaren Hochgefühl.

Théo stand auf und zog den Pullover aus. Dann knöpfte er das Hemd auf und streifte es über die Schulterblätter. Seine Brust war unbehaart, und nur aus dem Bauchnabel sprudelte eine einsame dunkle Strähne, die unter dem Gürtel wie ein Bergbach in die Tiefe stürzte. Nun schnallte er den Gürtel auf und ließ die Cordhose fallen. Er bückte sich und riß sie sich von den Füßen.

Isabelle schlug die Hände vor die Augen und kreischte: »Nein, nein! Um Himmels Willen, nein!«

Matthew war verblüfft. Hatte sie es sich doch anders überlegt? Merkte sie, daß sich Théo nicht so leicht ins Bockshorn jagen ließ?

Wohl kaum, denn als sie vorsichtig zwischen ihren verhakten Fingern hindurchblinzelte wie durch die Stäbe einer Jalousie, erschauerte sie.

»Wie oft habe ich dir schon gesagt, daß du die Hosen nicht vor den Socken ausziehen sollst? Schau dich doch an in deinen marineblauen Socken, du Blödmann! Wenn du nackt bist, wirkst du damit wie ein Beinamputierter – schauderhaft! Zieh sie sofort aus!«

Théo schnitt seiner Schwester eine Grimasse und streifte die Socken ab. Nach einer Pause entledigte er sich auch langsam der weißen Unterhose, die er über sein Geschlechtsorgan weniger zog als rollte, so als wäre er eine Frau, die ihren Nylonstrumpf zurückrollt, bevor sie den Fuß in dessen Hülle steckt und diese mit der Handfläche am Bein glattstreicht. Dann schleuderte er sie mit dem Fuß weg und stellte sich vor die beiden, die Knie zusammengepreßt und leicht zitternd wie ein Sebastian ohne Pfeile.

Nun, da er den schmuddeligen Kokon seiner Kleider losgeworden war, zeigte sich die gleiche erstaunliche Verwandlung wie bei den verwahrlosten Straßenkindern, die sich an den Stränden von Fès oder Tanger in den Sonntagsstaat ihrer Nacktheit häuten.

Einen Augenblick lang stand er da und betrachtete seinen Penis. Dieser war fast erigiert. Die Hoden wirkten schwer wie Flaschenkürbisse.

Er kniete sich unter dem ovalen Porträt aufs Bett. Die Augen gebannt auf die maskenhafte Unerschütterlichkeit gerichtet, mit der die Schauspielerin seinen Blick erwiderte, begann er sich zu massieren. Im Rhythmus der Bettfedern, die im Zimmer widerhallten wie die Kolben einer D-Zug-Lok, welche ihn seinem Ziel näher und näher brachte, bewegte sich auch seine Hand schneller und schneller und entdeckte instinktiv das vertraute Pulsieren wieder. Man hätte glauben können, sein bläuliches Glied lenke die Bewegungen seiner Hand und nicht umgekehrt, so als hätte er die Finger selbst dann nicht mehr losbekommen, wenn er dies gewollt hätte – etwa so, wie sich die Finger für einen panischen Augenblick am glühend heißen Stiel einer Pfanne festklammern. Als Théo aber seinen Höhepunkt erreichte, schwebte der aus seinem Penis schießende Spermastrahl, in dem, zumindest aus Matthews Sicht, winzige, perlenförmige Lichtfünkchen glitzerten, einen Sekundenbruchteil in der Luft, als wäre er im Flug erstarrt – wie ein Springbrunnen, der jäh zufriert und einen hohen, reinen, silbrigen Ton von sich gibt, wenn man mit den Fingern das glitzernde Eistürmchen anschnippt, in das er sich verwandelt hat.

Doch plötzlich war da nur noch feuchtwarme Klebrigkeit, an den Schenkeln pappendes Haar und der schwache, süßliche Geruch von Fischpaste.

Keuchend ließ sich Théo aufs Bett fallen, stützte sich seitlich auf und legte die Hände in der Art eines Opiumrauchers an den Kamm seiner Wirbelsäule. Im Vogelnest seines Unterleibs wachte die Vogelmutter abermals friedlich über ihre beiden Eier.

Isabelle war eine subtile Voyeurin. Am liebsten bespitzelte sie andere Voyeure. Während Théo onaniert hatte, waren ihre Augen hinter der Sonnenbrille nervös hin- und hergewandert, von ihrem Bruder zu Matthew und von diesem zurück. Nun, da die Vorstellung vorüber war, wirkten diese Augen unergründlich. Hinter den dunklen Gläsern war einzig das nachtfalterartige Zucken ihrer Wimpern zu erkennen.

Matthew dagegen, der die Szene wortlos betrachtet hatte, konnte seinem Körper genausowenig etwas vormachen wie seinem Verstand. Seine Wangen glühten, die Hände zitterten, und zwischen den Schenkeln glaubte er eine geballte Faust zu spüren. Er fragte sich, wie er Théo je wieder in die Augen sehen könne.

Ganz unerwartet folgte auf diese Erhöhung des Einsatzes ein Waffenstillstand oder zumindest eine Waffenruhe, an die man sich zwei Tage lang hielt. Ob dies nun daran lag, daß nichts, was sie sagten oder taten, eine entsprechende Geste aus einem Filmklassiker heraufbeschwor, oder ob es – wofür weitaus mehr sprach – eher damit zu tun hatte, daß für alle drei ein weiterer Vorstoß genauso unvorstellbar war wie ein Rückzug: Die Parole »Welcher Film?« oder »Nenn mir einen Film!« schallte vorläufig nicht mehr durch die Wohnung.

Matthew wußte aber, daß das letzte Wort keineswegs gesprochen war. Wohl hatte sich Théo ohne großes Aufheben wieder angekleidet und sich auch danach so verhalten, als wäre nichts vorgefallen, was eine Veränderung des Umgangs verlangte. Doch gerade *weil* sich für Matthew etwas verändert hatte, und zwar tiefgreifend, kam ihm der übernatürliche Gleichmut seines Freundes hochgradig suspekt vor.

Wolken zogen über die Zimmerdecke. In dieser neuen Atmosphäre der gespannten Erwartung schwankte das *quartier des enfants* hin und her, als wäre es in einem Käfig aufgehängt. Und doch schlich Matthew, wie schon einmal um die gleiche Uhrzeit, auch in dieser und in der folgenden Nacht auf Zehenspitzen von seinem Schlafzimmer hinüber zu demjenigen von Théo. Und es wirkte durchaus angemessen, ja schon fast wie Absicht, daß die Tür nur angelehnt war und die Nachttischlampe brannte. Stumm versenkte er sich in das Schauspiel von Bruder und Schwester, die mit verschränkten Gliedmaßen dalagen, das eine Bein über der Bettdecke sehr deutlich, das andere darunter nur schemenhaft erkennbar, wie ein Schwan und sein Spiegelbild auf der Oberfläche eines Sees.

Zwei Tage nachdem Théo sein Pfand in Naturalien hinterlegt hatte, fand das Spiel seine Fortsetzung, und zwar erneut am Nachmittag. Die drei hielten sich wie üblich im *quartier des enfants* auf, wo Théo am Fenster stand und verträumt beobachtete, wie ein großer, senkrechter Schatten über dieses wanderte.

Als der Schatten mit der Quersprosse der Scheibe zu einem X zusammenfiel, faßte er sich unvermittelt an die Brust und sank zu Boden.

»Ahhhhh!« rief er laut. »Mich hat's erwischt!«

Er wand sich und zerrte an seinen Kleidern.

»Wie das weh tut! Wie das schmerzt! O Gott, mit mir ist es aus!«

Endlich sah Isabelle von ihrem Roman hoch.

»Was ist denn mit dir los?« fragte sie mit mäßigem Interesse und bloß der Form halber.

Sofort setzte sich Théo grinsend auf.

»Welcher Film?«

Seit zwei Tagen hatte Isabelle darauf gewartet, daß er den Spieß umdrehen würde. Dennoch überrumpelte sie die Frage. Sie konnte ihn nur dümmlich bitten, sie noch einmal zu stellen.

»Nenn mir bitte einen Film, in dem ein Kreuz den Ort eines Mordes markiert.«

»Ist das dein Ernst?«

»Warum denn nicht?«

»Solche Filme gibt's bestimmt wie Sand am Meer.«

»Dann dürfte es dir ja nicht schwerfallen, einen zu nennen. Matthew, das gilt auch für dich.«

Matthew erbleichte. Das war es also.

»Für mich?«

»Es spricht nichts dagegen, daß ich euch gleichzeitig herausfordere.«

»Aber Théo, ich hatte doch gar nichts zu tun mit dem, was passiert ist.«

»Nennt mir einen Film«, entgegnete Théo knapp, »sonst wird ein Pfand fällig.«

Die Rache, so sagt ein französisches Sprichwort, ist ein Gericht, das man am besten kalt ißt. Théo schien seines kochend heiß vorzuziehen. *A chacun son goût,* wie man in Frankreich ebenfalls sagt.

Matthew überlegte hin und her – Fehlanzeige. Nun gab es nur noch eine Rettung vor den Konsequenzen, die Théos Herausforderung haben würde und die er sich gar nicht erst ausmalen wollte: ein Titel mußte genannt werden. Isabelle hatte vollkommen recht. Es gab bestimmt Dutzende von Filmen, in denen ein Kreuz die Stelle eines Mordes markiert; und wenn nicht Dutzende so doch ein Dutzend, ein halbes Dutzend, drei oder vier. Drei oder vier mußte es einfach geben.

Doch gerade weil er sich vor dem Schicksal, das ihm in dieser verwünschten Wohnung blühte, dermaßen fürchtete, war es um seine Konzentration endgültig geschehen. Hätte Théo ihn gebeten, einen einzigen, einen x-beliebigen Film zu nennen, hätte er wohl genauso versagt.

Isabelle hatte sich inzwischen gefaßt. Auf die Frage, die ihr gestellt worden war, wußte sie keine Antwort. Im Gegensatz zu Théo bettelte sie aber auch nicht um einen Wink oder Tip. Schließlich war sie es gewesen, die dem Spiel eine völlig neue Wendung gegeben hatte, und sie kannte ihren Bruder und sich gut genug, um nicht der Illusion zu verfallen, man könne zu den kindischen Einsätzen zurückkehren, mit denen man sich einst zufriedengegeben hatte.

»Die Zeit ist um«, sagte Théo schließlich in nüchternem Ton.

»Welcher Film?« wollte Isabelle wissen. Obwohl dies eine reine Formsache war, wollte sie respektiert werden.

»Welcher Film? *Scarface*. Howard Hawks. 1932.«

»Und das Pfand?«

»Ach das«, sagte Théo und setzte sich auf. »Isa, du weißt ja, daß ich kein Sadist und nicht einmal ein Sadianer bin. Ich möchte bloß, daß alle glücklich sind und sich keiner ausgeschlossen fühlt. Darum ist es mein Wunsch, daß ihr, meine beiden treuesten Gefährten, euch vor meinen Augen liebt.«

Isabelle klappte den Roman zu, nicht ohne vorher ein

Buchzeichen zwischen jene Seiten zu stecken, auf denen sie unterbrochen worden war.

»Ganz wie du meinst.«

»Aber nicht hier drin. Ich habe keine Lust, in der widerlichen Soße eines anderen zu schlafen. Nichts für ungut, Matthew!«

Matthew konnte sich nicht von der Stelle rühren, doch Isabelle erkundigte sich ganz praktisch danach, was sie zu tun habe.

»Und wo sonst?«

»Im Gästezimmer. Vor dem Delacroix. Vielleicht«, meinte Théo lächelnd, »führt ja eine Reproduktion zur anderen.«

»Macht es dir was aus, wenn ich mich hier ausziehe?«

»Tu dir keinen Zwang an.«

Sie drückte die Zigarette in einem Messingaschenbecher aus, ging hinüber zum Plattenspieler und ließ erneut das Trenet-Chanson erklingen. Da dieses Lied zur Erkennungsmelodie des Spiels geworden war, konnte man sich die Bezahlung des Pfandes schlicht nicht mehr ohne diese Begleitung vorstellen.

Sie entkleidete sich ohne übermäßige Eile, als wollte sie schlafen gehen. Weder starrte sie Théo und Matthew trotzig an noch senkte sie keusch den Blick vor ihnen. Befremdlich an ihrem Gebaren wirkte höchstens, daß sie die Sonnenbrille erst ganz zum Schluß abnahm, als wollte sie die Augen nicht vorzeitig in ihrer ganzen Nacktheit zeigen.

Diese junge Frau, die die altmodischen Klamotten ihrer Großmutter so überzeugend zu tragen wußte wie ein Paradiesvogel sein ausgefallenes Federkleid, erschien nun körperlos, vom eigenen Leib abgelöst, den sie so unbewegt enthüllte, als versteigerte sie ein Aktgemälde von sich.

Es handelte sich um einen feinen, schlanken Leib, dessen sämtliche Falten, Senken und Mulden den forschenden Finger regelrecht zum Bohren einluden: die Aushöhlungen an Schultern, Hinterbacken und Knien, die schattigen Einbuchtungen um den Bauch, die zwei Pfade, die sich in jenem magischen Brunnen tief im Märchenwald des Schambeins trafen.

Nun stand sie in der Pfütze ihrer Kleider und wartete darauf, daß Matthew sich ebenfalls auszog.

Für ihn war endlich der Moment gekommen, jener schon lange mit Grausen erwartete Moment, da man ihn in die Achterbahn drängte.

Das Verlangen, das er für Théo und Isabelle empfand, leistete umsonst Widerstand gegen all die Erinnerungen, die in seinem Kopf mit der Wucht einer Wasserbombe detonierten, Kindheitsszenen, in denen kreischende Schuljungen auf dem Pausenhof hinters Klo gezerrt wurden, wo man ihre Hoden mit Schuhcreme vollschmierte und ihnen die Schamhaare abrasierte. Wie sehr er sich damit auch vor seinen Freunden blamieren mochte, ihm stand nur ein Weg offen: Flucht.

Er scherte seitlich in Richtung Tür aus. Doch Théo, der bis dahin träge wie eine Odaliske gewirkt hatte, sprang sofort auf und schnitt ihm den Weg ab. Matthew wich zurück.

Der Bann war gebrochen. Théo und Isabelle entspannten sich. Kichernd begannen sie ihn in die Ecke zu drängen.

»Na, na, na, mein kleiner Matthew«, gurrte Isabelle, »besonders galant finde ich das ja nicht von dir. Ist es dir so zuwider, mit mir zu schlafen?«

»Ich habe euch zugeschaut!« rief Matthew. »Ich habe euch zusammen beobachtet!«

Théo schreckte zurück.

»Wie war das noch mal?«

»Euch beide, im Bett! Aber weshalb sollte ich mich da mit reinziehen lassen?«

»Oho!« sagte Théo. »Unser Gast hat uns also nachspioniert. Das ist aber nicht die feine Art! Wo wir dich doch so freundlich aufgenommen haben.«

»Warum hast du denn solche Angst?« fragte Isabelle. »Weil du keine Spalte hast? Ich habe mir immer vorgestellt, daß ein netter, adretter, sauberer Bursche wie du womöglich gar keine Spalte im Hintern hat, sondern bloß einen glatten Vollmond aus rosarotem Babyfleisch. Na, ist es das, Matthew? Ist es das, was wir nicht sehen sollen?«

»Nein, nein, nein, bitte, Isabelle, bitte.«

Sie stürzten sich auf ihn. Théo, der größer und muskulöser war als er, hatte ihn schon im nächsten Moment auf den Teppich gedrückt. Sie zogen ihm die Turnschuhe aus, die Socken und seinen UCLA-Pullover. In heller Verzweiflung versuchte er sich den beiden zu entwinden. Tränen traten ihm in die Augen. Eine hilflose Bewegung ließ seinen Arm über Isabelles Brüste streifen. Doch so geduldig, als zupften sie die Blätter einer Artischocke ab, so planmäßig, als probierten sie die Folter der tausend Schnitte an ihm aus, walteten sie ihres Scharfrichteramtes, entblößten seinen unbehaarten und leicht eingefallenen Brustkorb, die von schneeweißem Flaum bedeckten Arme und die schlanken, sonnengebräunten Beine.

Inzwischen hatte Matthew seinen Widerstand aufgegeben. Während Isabelle rittlings auf seinen Beinen saß und Théo seine Arme auf den Boden drückte, heulte er Rotz und Wasser, wie es sonst nur kleine Kinder tun. Er war nackt, mit Ausnahme eines Paars hellblauer Unterhosen, die Isabelle nun mit einem Ruck bis zu seinen Füßen hinunterriß und zusammengeknüllt auf den Boden warf.

Als erstes staunten sie über die Blässe seines Unterleibs. Verglichen mit Armen, Beinen und Brustkorb – dem ewig bronzefarbenen Brustkorb junger Amerikaner, für die die Sonne eine so simple, alltägliche und nahrhafte Energiequelle ist wie ein Glas warmer Milch – wirkte sein Bauch wie der Fleck an einer Wand, wo früher ein Bild gehangen hat.

Sein Schamhaar war so dunkel und seidenglatt wie bei einem Orientalen. Seine Hoden ähnelten zwei grauen Stachelbeeren. Sein beschnittener Penis war klein, ja fast anormal klein und wirkte in seiner runden Molligkeit wie ein dritter Hoden. Ein reizendes Ding, das man, kaum hatte man es erblickt, auch schon schützend in die Hände nehmen wollte wie einen zitternden kleinen Sperling.

Und genau dies tat Isabelle. Bevor Matthew sie noch ein letztes Mal anflehen konnte, begann sie diesen Penis mit ihren geschickten Händen, den Händen einer Töpferin, zu formen, zu modellieren, zu glasieren und Fältchen um Fältchen glattzustreichen.

Matthew, dem das Gefühl einer fremden Hand auf

seinem Geschlechtsorgan unvertraut war, glaubte ein bisher unerforschtes Glied an seinem Körper zu entdecken. Er hielt den Atem an. Endlich, endlich war etwas Hartes und Festes, das die Seele in seinem Körper gemartert hatte, befreit worden.

Als Théo seine Arme losließ, legten sich diese instinktiv um Isabelles nackte Schultern. Ihr Körper schmiegte sich an seinen und drückte gegen den Penis, der sich nun drollig wie die Armlehne eines Empire-Sofas krümmte und Matthews Atem abermals stocken ließ.

Erst kamen sich ihre Münder näher, dann ihre Geschlechtsteile.

Doch noch gab es gewisse Hürden zu nehmen. Sie waren beide noch unschuldig – Isabelle, weil sie nie mit jemand anderem als ihrem Bruder, Matthew, weil er nie mit jemand anderem als sich selbst geschlafen hatte. Schließlich aber schnappten Münder und Geschlechtsteile in ein- und demselben Moment zusammen.

Hätten sie darauf geachtet, so wäre ihnen das unerklärliche Getrampel und das Heulen der Polizeisirenen aufgefallen, die vor dem Schlafzimmer erklangen, während Matthew und Isabelle den zauberischen Plumpheiten der Liebe frönten. Unter Théos Augen, die sich plötzlich vor Selbsterkenntnis trübten, bezahlten sie ihr Pfand.

An diesem Abend schlich keiner auf Zehenspitzen durch den Korridor des *quartier des enfants*. Falls dies jemand getan hätte und falls Théos Schlafzimmertür nur angelehnt gewesen wäre und die Nachttischlampe gebrannt hätte, wäre folgendes zu sehen gewesen: Théo, Isabelle und Matthew schlafend nebeneinander, ein Tier mit drei Rücken.

Doch obschon jene erste gemeinsame Nacht die bis dahin gültige Balance in der Wohnung verschoben hatte, bedeutete sie nicht das Ende der *Home Movies*. Ganz im Gegenteil, das Spiel trat nun in eine neue Phase ein. Sie sollten es fortan mit der gleichen monotonen Besessenheit spielen wie ein schiffbrüchiger Matrose, der seine Kreuzchen und Nullen in den Sand malt, oder wie ein Sträfling, der sich mit Hilfe von Schatten und Brotkrumen Schachendspiele ausdenkt. Nur daß sie, ohne sich darüber im klaren zu sein, selber nicht Spieler, sondern Bauern waren, die vom wirklichen Spieler, der drohend über dem Brett aufragte wie Fantômas über Paris, von Feld zu Feld geschoben wurden.

Während der folgenden zwei Wochen ließ der Himmel so gewaltige Regengüsse niedergehen, daß sie ihre vier Wände kaum je verließen.

Am Anfang fuhr Théo immer noch regelmäßig ins 16. Arrondissement, wo er eine Runde um das Palais de Chaillot drehte, ohne vom Mofa zu steigen, und mit einer Baguette oder einem Milchbeutel – dem Vorwand seines Ausflugs – in die Wohnung zurückkehrte. Doch schon bald entfielen selbst diese Fahrten, und das Mofa rostete im feuchten Hausflur vor sich hin.

Uhren blieben stehen und wurden nicht mehr aufgezogen. Betten blieben ungemacht, Teller ungespült, Vorhänge zugezogen. Nach und nach gingen die Tageszeit, der Wochentag und schließlich sogar der Monat innerhalb des Jahres jeder Bedeutung verlustig. Wochenenden verstrichen unbemerkt. Samstage und Sonntage – für das wohlgeordnete Leben der rechtschaffenen Durchschnittsbürger die glänzenden Bildkarten im Kartenspiel der gesellschaftlichen Verpflichtungen – waren inzwischen kaum mehr von den gesichtslosen Zahlenkarten der Werktage zu unterscheiden, und irgendwann ließ sich das Verstreichen der Zeit bloß noch an gelegentlichen Ausflügen in ein unweit gelegenes Luxuswarenhaus ablesen.

Diese Raubzüge – denn um nichts anderes handelte es sich – erfüllten Matthew mit der gleichen Panik, die damals auch das Wettrennen im Louvre ausgelöst hatte. Während er seinen Einkaufswagen mit allerlei Grundnahrungsmitteln füllte, stopften seine Gefährten frischfröhlich Hummer, Trüffeln, Kaviar, Mangos, *foie gras* und Pfirsiche in die Außen- und Innentaschen ihrer Mäntel, und einmal schob sich Théo sogar eine große Champagnerflasche in den weiten Schritt seiner Cordhose. Der Supermarktausgang ließ Matthews Nerven flattern, wie es sonst nur die Zollabfertigung eines Flughafens zu tun vermochte.

Derweil blieben die Schecks, die der Dichter für seine Kinder bereitgelegt hatte, unbenutzt auf dem Kaminsims.

Ausgesetzt auf dieser Insel, keine zweihundert Schritte von der Kirche Saint-Sulpice und dem Théâtre de l'Odéon entfernt, verhielten sich die drei jungen Leute so, wie es wohl jeder schiffbrüchige Matrose getan hätte. Nach Abschluß der Frühphase, in der man den Horizont noch verzweifelt nach Zeichen der Zivilisation abgesucht, das Palais de Chaillot ausgekundschaftet und sich sogar dazu durchgerungen hatte, die eine oder andere Schulstunde zu besuchen, begannen sie sich auf einen Aufenthalt einzurichten, der wohl von längerer Dauer sein würde.

Wenn sie im Supermarkt nicht gerade Delikatessen klauten, kochten und aßen sie, was sich im Kühlschrank fand. Die so entstehenden exzentrischen Eintöpfe – ein wüstes Gemisch aus süß und sauer, kalt und heiß, Fleisch und Fisch – trug Isabelle in den Kasserollen auf, in denen sie sie gekocht hatte. Und falls einer der Herren des Hauses einmal vor einem lauwarmen Fondue zurückschreckte, zu dem ein eiskaltes Broccoli-Backpflaumen-Kompott oder ein verdächtig nach Senf riechendes Ratatouille gereicht wurde, dann deklamierte sie hochtrabend: »Tut einfach so, als wärt ihr zum erstenmal in einem exotischen Land, in dem dies das Nationalgericht ist.«

Isabelle war es denn auch, die sie von der Außenwelt abschirmte. Sie war es, die dem Direktor der Schule, auf die sie und Théo gingen, in der Handschrift ihrer Mutter mitteilte, beide lägen mit Virushepatitis im Bett. Und sie war es, die sich bereit erklärte, mit der Tante zu sprechen, die von ihren Eltern den Auftrag erhalten hatte, in deren Abwesenheit für das Wohl der Kinder zu sorgen.

Diese entzückende Dame, die es mit ihrer Aufsichtspflicht nicht allzu genau nahm, hatte die eigene Familie vor fast zwanzig Jahren schockiert, indem sie ihre Violine gegen ein Nachtlokal eintauschte – sie hatte mit anderen Worten die Stradivari, die ihr von ihrem Großvater, einem berühmten polnischen Geigenvirtuosen, hinterlassen worden war, veräußert, um sich in den *Nègre Bleu,* ein verrauchtes *cabaret* in der Nähe der Champs-Élysées, einzukaufen. Da sie mit all den Rechnungen, gesundheitspolizeilichen Auflagen und dem zänkischen Personal, das sich aus lauter hysterischen jungen Männern zusammensetzte, mehr als ausgelastet war, erfuhr sie von ihrer Nichte mit Erleichterung, daß ihr Bruder und sie sich gesund ernährten, brav zur Schule und abends um elf zu Bett gingen.

Nach und nach wurde Matthew in die intimen Geheimnisse seiner Freunde eingeweiht. Da war zum Beispiel eine vergilbte Fotografie, die Isabelle aus einer alten Ausgabe von *Paris-Match* gerissen und ausgerechnet in ein zerfleddertes Exemplar von André Gides Roman *Isabelle* gesteckt hatte. Es zeigte einen der Kennedy-Söhne mit vierzehn Jahren im Profil, nachdem ihm ein Stier in Pamplona das Horn in den Hals gerammt hatte. Dieser Bursche sei, so Isabelle, nicht zuletzt wegen des Blutes mit dem »hübschesten Gesicht der Welt gesegnet«.

»Wir schämen uns unseres Blutes«, sagte sie, »und sollten es doch stolz herzeigen. Blut ist schön, schön wie ein Edelstein.«

Théo zeigte ihm eine Manuskriptseite, die er vom Schreibtisch seines Vaters gestohlen hatte und später einmal in klingende Münze zu verwandeln hoffte. Von den gut zweihundert handschriftlichen Wörtern hatte der Dichter lediglich sieben nicht durchgestrichen. Bei diesen handelte es sich aber just um die sieben Wörter, die einem seiner am häufigsten nachgedruckten Gedichte zugrunde lagen.

Isabelle zeigte Matthew ein Fläschchen mit Schlaftabletten, die sie monatelang unter dem Vorwand gesammelt hatte, nicht einschlafen zu können. Sie waren für ihren Selbstmord bestimmt, falls es je dazu käme.

»Sie sind meine Rückfahrkarte«, sagte sie. »Es gibt geborene Selbstmörder und geborene Nicht-Selbstmörder. Die ersten bringen sich nicht zwingend um, die zweiten manchmal schon. Ich gehöre zur ersten Kategorie, du zur zweiten.«

»Ich werde mich nie umbringen«, erwiderte Matthew bestimmt. »Es ist meine feste Überzeugung, daß man in die Hölle kommt, wenn man sich umbringt.«

Doch auch Matthew hatte inzwischen sein kostbarstes Geheimnis gelüftet: die Avenue Hoche.

»Aber genau weil du bereits in der Hölle bist, bringst du dich um!« sagte Isabelle.

»Sehr geistreich«, erwiderte Matthew, »aber Jesus war noch geistreicher. Ich will's mal so ausdrücken: Ich werde mich nie umbringen, weil ich dich liebe.«

»Das sagst du jetzt, aber vielleicht wirst du mich nicht immer lieben.«

»Ich *werde* dich immer lieben.«

»Da bin ich mir nicht so sicher. Würde sich *amour* nicht auf *toujours* reimen, wären wir wohl nie darauf gekommen, Liebe mit Ewigkeit gleichzusetzen.«

Matthew und Isabelle sprachen oft über Inzest, über die körperliche Liebe zwischen Bruder und Schwester.

Eines Tages fragte er sie, wie Théo und sie darauf gekommen seien, so zusammenzuleben, wie sie es taten.

»Ach, bei Théo und mir«, lautete ihre schlichte Antwort, »war es Liebe auf den ersten Blick.«

»Und was macht ihr, wenn eure Eltern dahinterkommen?«

»Das darf nicht passieren.«

»Ich weiß. Aber wenn es trotzdem passiert?«

»Es darf nicht passieren.«

»Aber nehmen wir mal an, eure Eltern erfahren es? Was würdet ihr dann tun?«

Isabelle überlegte eine Weile.

»Es darf nicht passieren, niemals.«

Nach längerem Schweigen sprach Matthew weiter.

»Wenn eine Mutter und ein Vater miteinander schlafen, könnte man das ebenfalls Inzest nennen.«

Isabelle prustete los.

»Matthew, mein Herzblatt, du bist einfach goldig!«

Eines Abends erzählte Matthew seinen Freunden zum erstenmal von seiner Familie, seiner Vergangenheit, seinem Leben vor der Rue de l'Odéon.

»Vor zwei Jahren«, sagte er, »ist mein Vater aus Vietnam zurückgekehrt. Er hatte dort seinen rechten Arm verloren. Als wir zum Flughafen fuhren, um ihn abzuholen, machten wir uns irgendwie darauf gefaßt … das heißt, wir fragten uns einfach, wie er wohl ohne Arm aussehen würde. Wir warteten also darauf, daß er aus dem Flugzeug stieg. Und plötzlich stand er dort, in seiner Uniform mit den Knöpfen, die in der Sonne schimmerten. Und er sah gut, er sah wirklich prima aus. Sein leerer Ärmel war in die Tasche gesteckt, wie man es in solchen Fällen tut, wodurch er irgendwie salopp wirkte. Als er auf die Rollbahn trat, gingen wir ihn alle begrüßen. Meine Mutter küßte und umarmte ihn und weinte dabei, eine Mischung aus Freude und Trauer. Dann umarmten ihn meine beiden Schwestern. Und schließlich war die Reihe an mir.«

Er stockte.

»Ich war damals sechzehn und hatte meinen Vater seit Jahren nicht mehr umarmt. Wir hatten nie ein richtiges Vater-Sohn-Verhältnis gehabt. Ich schämte mich wahrscheinlich, weil er in der Armee war und in Vietnam kämpfte. Und er glaubte wohl, ich sei schwul. Na ja, jedenfalls standen wir beide da, und ich wußte nicht, was ich tun sollte. Rein körperlich, meine ich. Ich wußte schlicht nicht, wie ich ihn umarmen sollte. Und das lag nicht etwa daran, daß er einen Arm verloren hatte. Mir wäre es sonst genauso gegangen. Trotzdem sah ich, daß er glaubte, es liege daran. Und ich sah auch, wie weh ihm das tat, wie sehr es ihn demütigte.«

»Und was hast du getan?« fragte Théo.

»Wir gaben uns die Hand. Er streckte mir die linke Hand hin, und ich gab ihm ebenfalls meine linke. Dann drehte er sich zur Seite und sprach mit jemand anders. Und das war's auch schon. Merkwürdig daran ist nur, daß ich meinen Vater erst richtig zu lieben begann, nachdem er seinen Arm verloren hatte. Er wirkte so hilflos, wenn er sich mit einer Hand das Gesicht wusch oder die Zeitung las oder die Schuhe band. Es war fast so, als hätte ihn erst der Verlust seines Arms zu einem ganzen Menschen gemacht. Aber ich hab's vermasselt. Ich hatte meine Chance und habe sie vermasselt.«

Die Cinémathèque geriet in Vergessenheit. Inzwischen hatten sie ihre eigene Cinémathèque, eine Cinémathèque aus Fleisch und Blut. Deshalb wurde das Spiel auch nicht mehr nur gespielt, wenn sie gerade die Lust überkam. Am Tag lasen sie, spielten Karten oder befummelten einander verliebt, doch jeden Abend öffnete sich der Vorhang um halb sieben, halb neun und halb elf für die *Home Movies,* und am Sonntag kam noch eine Nachmittagsvorstellung hinzu. Das *quartier des enfants,* auf das die Wohnung mittlerweile reduziert war, wenn man von sporadischen Ausflügen in die Küche absah, verwandelte sich in einen Hallraum, durch den Sätze, die jeder Filmfreund auf der Welt kennt, wie Rauchkringel schwebten.

Garance! Garance!

You know how to whistle, don't you?

I can walk, Calvero, I can walk!

It was Beauty that killed the Beast.

Vous avez épousé une grue.

Marcello! Marcello!

It took more than one man to change my name to Shanghai Lil.

Tu n'as rien vu à Hiroshima.

Bizarre? Moi, j'ai dit bizarre? Comme c'est bizarre.

Ich kann nichts dafür! Ich kann nichts dafür!

Round up the usual suspects.

Yoo hoo! Mr Powell!

Well, nobody's perfect.

Pauvre Gaspard!

Où finit le théâtre? Où commence la vie?

Kostüme wurden improvisiert, Rollen einstudiert, Szenen, die nicht auf Anhieb klappten, aus dem Programm gekippt.

Beim Durchwühlen eines Schranks im Gästezimmer förderte Matthew einen uralten Mantel zutage, den der Dichter in einem jener entsetzlichen Winter der Besatzungszeit wochenlang getragen hatte. Dessen mottenzerfressener Pelz sah aus, als wäre er aus dem Schamhaar von tausend philippinischen Boys gewebt worden.

Er warf sich den Mantel über die Schulter und rundete sein Kostüm mit einer der Pappschachteln ab, in denen Théo seine gesammelten *Cahiers du Cinéma* aufbewahrte, kritzelte auf die eine Seite die Gesichtszüge eines Affen, schnitt ein Löcherpaar für die Augen aus und sorgte für ein großes Hallo, als er in diesem Menschenaffenkostüm in der Schlafzimmertür erschien.

»Welcher Film?«

Théo und Isabelle riefen laut: »*King Kong! Godzilla! The Phantom of the Rue Morgue!*«

Matthew schüttelte das Affenhaupt. Seine Arme schlenkerten um die Hüften, als er mit gekrümmtem Rücken zum Plattenspieler trottete und dort zur Stimme von Charles Trenet einen obszönen Shimmy in Tierfell und Pappmaske tanzte. Dann nahm er die Maske ab. Auf seinem Gesicht lag Rouge, die Wimpern waren dick getuscht, die Haare mit Mehl bestäubt. Langsam schlüpfte er aus dem Mantel, unter dem er nackt war. Und nackt tanzte er nun weiter.

Erst jetzt fiel bei Théo der Groschen. »Marlene Dietrich in *Blonde Venus*!«

Doch schon nach wenigen Sekunden war es an Isabelle, eine Frage zu stellen: »Welcher Film?«

Wie vor den Kopf geschlagen blickten die beiden Burschen erst sie und dann einander an und schüttelten den Kopf.

»*A Night at the Opera*.«

Da die Mienen der beiden weiterhin nichts als Ratlosigkeit verrieten, deutete Isabelle auf Matthews beschnittenen Penis.

»Schaut doch! Grouchos Zigarre – Chicos Hut – Harpos Haare!«

Sie schütteten sich aus vor Lachen.

Ein andermal stieß Théo in der Rumpelkammer der Wohnung unter zwei Tennisschlägern und einer Gesamtausgabe der Comtesse de Ségur auf eine Reitpeitsche. Er hüllte seinen Körper in ein Bettlaken, schloß das Badezimmerfenster und drehte den Warmwasserhahn voll auf, bis die Luft so feucht war wie in einem türkischen Hammam, woraufhin er die Peitsche wie Mastroianni in Fellinis *8 $\frac{1}{2}$* auf Schulterhöhe um den Kopf schwang, während Isabelle und Matthew, die im Dampfgewoge kaum zu sehen waren, ins siedend heiße Wasser hüpften und aus diesem wieder heraussprangen, um nicht an Fußgelenken, Ellbogen oder Hinterbacken erwischt zu werden.

Mit der Leichtfüßigkeit jener Bühnentechniker, die in unseren Träumen lautlos Kulissen schieben, fügte sich ein Aufbau in den anderen. Die inzwischen fast überlaufende Badewanne verwandelte sich in diejenige von Kleopatra in DeMilles gleichnamigem Film. Aus Mangel an Eselsmilch nahm man zwei Flaschen Kuhmilch, deren Inhalt Matthew in die Wanne goß, während Isabelle ihre Beine weit wie Scherenblätter spreizte, um die beiden opalenen Ströme zu empfangen, die im Stile einer Schokoladenwerbung zusammenflossen.

Das Badezimmer – welches nicht länger als Vorraum des Schlafzimmers diente und damit als Refugium, falls mal jemand kurzfristig aus dem Spiel ausstieg – war nun ein alternativer Austragungsort für ihr Treiben. Die Wanne bot Platz für alle drei, falls Matthew sich in die Mitte setzte und Théo und Isabelle seine Taille mit ihren gleich langen Beinen von vorne und hinten so eng umfingen, daß die vom Wasser verschrumpelten Zehen des einen genau bis zur Achselhöhle des anderen reichten. Und als sich Théo einen kanariengelben Stetson, den er als Kind geschenkt bekommen hatte, über die Ohren zog – einen Hut, der für seinen Kopf einst viel zu groß gewesen und nun viel zu klein war –, riefen Isabelle und Matthew gleichzeitig und bevor er die Frage »Wer in welchem Film?« überhaupt stellen konnte:

»Dean Martin in *Some Came Running*!«

»Michel Piccoli in *Le Mépris*!«

Sie hatten beide recht.

Doch für das eigentliche Meisterstück sorgten schließlich die beiden jungen Männer, und zwar in Form einer großen Tanzszene, frei nach Busby Berkeley.

Théo hatte von jeher eine Schwäche für die explodierenden Sterne, kreisenden Wasserlilien und kunstvoll bekränzten Räder, auf die jener Großinquisitor, jener Torquemada der Choreographie, seine spärlich bekleideten Schmetterlinge einst geflochten hatte. Dies, so verkündete Théo, würde ihre bisher ehrgeizigste Inszenierung werden, ein wahrhaftiges *morceau de bravoure*.

Ohne einen Gedanken daran zu verschwenden, wie ihr Verhalten wohl auf einen unbekannten und ungebetenen Besucher wirken würde, der in ihre Intimität gestolpert käme, gleichzeitig aber auch amüsiert über die Absurdität des Ganzen, holten er und Matthew je einen Spiegel mit Goldrand vom Kaminsims des Salons beziehungsweise aus dem großen Badezimmer und stellten diese in Théos Schlafzimmer einander gegenüber senkrecht an die Wand.

Ausnahmsweise blieb Isabelle von diesen Vorbereitungen ausgeschlossen. Als die Proben jedoch beendet waren und alles bereitstand, wurde ihr einer der Stühle hingestellt wie einer Mutter, die von ihren Kindern ein improvisiertes Ständchen zu hören bekommt.

Der Film hatte zwei Szenen.

In der ersten erschienen Théo und Matthew vor ihr als Dick Powell und Ruby Keeler. Der eine trug die verblichene Khakiuniform und die Schirmmütze eines

Kadetten, beide um Nummern zu klein, der andere ein gelbes Taftkleid mit Glockenhut aus den ehemaligen Beständen der Großmutter. Seite an Seite, Théo rechts und Matthew links, legten sie nun einen doppelten Striptease hin. Théo brachte den Stein ins Rollen, indem er die Schleife an Matthews Kleid löste, hinter diesem durchsauste und sich links von ihm aufstellte, so daß Matthew nun umgekehrt Théos Gürtel aufschnallen konnte und seinerseits vor Théo durchsauste, und so immer weiter, von den Accessoires zu den eigentlichen Kleidern, von den Kleidern zur Unterwäsche – alles dermaßen geschickt und geschwind, daß Isabelle glaubte, vor ihr, über die ganze Bühne verteilt, würden sich lauter Revuetänzerinnen und -tänzer durcheinander schlängeln –, wobei der eine dem anderen jeweils ein Kleidungsstück abnahm, bis beide schließlich splitternackt dastanden.

Nun stimmten sie *By a Waterfall* an. Ausgestreckt auf dem Boden, die Beine gespreizt, die Zehenspitzen leicht aneinander, die Körper ins Unendliche gespiegelt, sangen sie das Lied recht und schlecht, denn den Text beherrschten sie nur sehr lückenhaft, und begannen im Gleichtakt zu onanieren. Ihre Penisse wurden steifer und steifer, erigierten mehr und mehr, bis es so aussah, als würden sie wie die Zehen in der Mitte zusammentreffen. Als die beiden schließlich den Refrain mit dem kleinen Falsett-Triller erreichten, ejakulierten sie genau im selben Augenblick, dabei alle Energie in ihre Geschlechtsorgane lenkend, so daß sich in der Hitze des Gefechts die Proportionen der Realität surrealistisch umstülpten und jeder, nackt ausgestreckt auf dem Fußboden, glaubte, er habe sich in einen gigantischen Phallus verwandelt, auf dessen pulsierender Vene ein kerzengerader Homunkulus einen Spermaschwall nach dem anderen aus dem straffen, lippenlosen Mund seines purpurroten Antlitzes spuckte.

Die wild applaudierende Isabelle schrie »Zugabe!«, doch dieser Bitte vermochte keiner der beiden Darsteller mehr zu entsprechen.

Umgeben von Gelächter und Dampf, Trenet-Klängen, stehengebliebenen Uhren, zugezogenen Vorhängen, gutgelaunten Frotzeleien und der mit Tau und Mehltau überhauchten Pracht eines Schwimmbads, dessen abgestandene Atmosphäre die Wohnung durchwaberte, verstrichen die Tage, überglücklich und unerbittlich, Tage, die von den Nächten geschieden wurden wie zwei Filmbilder durch einen schwarzen Streifen.

Im Namen und in der Handschrift ihrer Mutter schickte Isabelle dem Schuldirektor einen zweiten Brief, in dem sie mitteilte, die Rekonvaleszenz der beiden Kinder ziehe sich zu ihrem Bedauern wohl noch länger dahin. Sie und Théo riefen abwechselnd die Eltern in Trouville an. Der Dichter lag offenbar mit einer schweren Grippe danieder; angesteckt hatte er sich wohl bei seiner eigenen kranken Inspiration. Die Rückkehr nach Paris mußte verschoben werden.

Auch Matthew spann eifrig an seinem Lügennetz. Er schickte mehrere Briefe an seine besorgten Eltern. Darin zeigte er sich verschlossener als früher, weshalb er um so glücklicher war, von seinem Auszug aus dem Hotel und dem Einzug in die Wohnung eines berühmten französischen Autors berichten zu dürfen, dessen Kinder nicht nur gleich alt wie er seien, sondern auch seine Interessen teilten.

Über diese unverhoffte Wendung freuten sich die Eltern sehr, glaubten sie doch, ihr krankhaft schüchterner Sohn sei endlich aus seinem Schneckenhaus gekrochen und habe sich mit den richtigen Leuten eingelassen.

Die Schecks auf dem Kaminsims waren unter dem wachsenden Stoß von Büchern, Zeitschriften und Comicheften nicht mehr zu sehen und ohnehin längst in Vergessenheit geraten. Matthews Bankkonto, auf das nur alle zwei Monate ein Scheck aus San Diego gutgeschrieben wurde, befand sich im Minus. Deshalb waren die Raubzüge im Supermarkt nicht länger nur Luxus, sondern schiere Notwendigkeit. Leider hatte man den Ladendetektiv inzwischen auf das Trio aufmerksam gemacht; und obwohl sie mit listigen Ablenkungs- und Täuschungsmanövern darauf reagierten und einmal sogar lärmend durch das Geschäft zogen und lediglich jene Artikel mitnahmen, die sie auch bezahlen konnten – in der Hoffnung, den Detektiv zum Handeln anzustacheln und ihm nach fruchtloser Leibesvisitation empört ihre Unschuld unter die Nase zu reiben –, mußten sie sich bald eingestehen, daß die glücklichen Tage von Hummer und Kaviar vorüber waren.

Das Spülbecken war ein Friedhof des schmutzigen Geschirrs. Hemden, Pullover und Jeans wiesen die erstaunlichsten Fleckenmuster auf. Dreckige Unterhosen, die man noch vor wenigen Tagen angewidert aus dem Verkehr gezogen hatte, wurden vom Teppich hochgehoben oder unter den Sofas und Sesseln hervorgekramt, um erneut in Dienst genommen zu werden, weil sie innerhalb übelster Konkurrenz noch die akzeptabelsten waren. Und da Théos zerlumpte Bettlaken ständig verrutschten und sich in den Zehen ihrer nackten Füße verfingen, so daß einer von ihnen in der Nacht aufstehen und sie wieder unter die Matratze stecken mußte, zogen sie schließlich in Isabelles Zimmer um.

Daß ihnen zu diesem der Zutritt bisher verwehrt worden war, lag an Isabelles kleinbürgerlichem Ordnungstick. Wie manche überspannte Hausfrau, die ihre gute Stube auf solch halluzinatorischen Hochglanz bringt, daß kein Mensch mehr einen Fuß hineinzusetzen wagt, bestand auch sie darauf, daß die anderen »für den Fall eines unerwarteten Besuchs« ihr Schlafzimmer mieden. Außerdem wollte sie nach heftigem Gezänk mit Théo aus dessen Zimmer in ihr eigenes fliehen können, um dort die Zähne in einen Apfel zu schlagen, als wäre es der Oberschenkel ihres Bruders, oder sich in einen der altmodischen Kriminalromane zu vergraben, die sie so abgöttisch liebte.

Das Unglück liegt womöglich darin, daß wir die *genau richtige* Form von Glück nicht zu finden vermögen.

Matthew liebte Isabelle nicht nur, sondern war ihr auch dankbar dafür, daß sie ihn von sich selbst erlöst und ihm erlaubt hatte, seine Flügel auszubreiten, während er sich früher wie ein kraftloser Gestrandeter gefühlt hatte, dessen Seele in seinem Körper ebenso beengt, eingezwängt und verschrumpelt gewesen war wie der Penis in seiner Hose.

Isabelle liebte Matthew, doch die Lust, die sie daraus

bezog, mit ihm zu schlafen, rührte in erster Linie von der Lust, die er selbst daraus bezog und deren heimliche Zeugin sie sein durfte. Immer wieder war sie erstaunt über die Heftigkeit, mit der sein Kopf in den Nacken geworfen wurde, seine geweiteten Pupillen nach oben schwammen, sein faltiges, mandelbraunes, sanftmütiges Glied plötzlich über sich hinauswuchs und weißen Saft verspritzte, und zwar auf reines Zureden hin, wie eine Zimmerpflanze.

Beide liebten Théo. Doch seit Matthew in das Leben der Wohnung getreten war, wie man nach Beginn der Vorstellung in einen Kinosaal tritt, hatte Théo beobachtet, daß sich der andere immer mehr breitmachte. Zu Beginn war Matthew kaum mehr als ein Haustier gewesen, ein zahmer, beim kleinsten Zeichen von Zuneigung mit dem Schwanz wedelnder Spaniel, eine amüsante Neuanschaffung, die Isabelle und ihn von ihrer stickigen Intimität ablenken sollte. Doch angesichts der veränderten Machtverhältnisse fühlte sich Théo, ob zu Recht oder zu Unrecht, immer weniger als der Zwillingsbruder seiner Schwester und immer mehr als ihr Liebhaber, der fortan auch den Ängsten eines Liebhabers ausgesetzt war, gegen die man als Zwillingsbruder immun ist: Anflüge von Eifersucht und Groll, die Pein schlafloser Nächte, in denen man sich den Kopf darüber zerbricht, was wohl eine zweideutige Bemerkung genau hat sagen wollen. Der sie zusammenhaltende Knoten war fatal gelockert worden und schloß nun auch Matthew ein.

Falls er und Isabelle, wie es sich die beiden einst neckisch eingeredet hatten, je ein mythisches Liebespaar gewesen waren – Romeo und Julia, Tristan und Isolde –, was mochten sie dann jetzt sein? Eine Mesalliance, mit anderen Worten: Tristan und Julia.

Nun war es Théo, der Nacht für Nacht aus dem Badezimmer zurückgetappt kam und, wie Matthew dies einst getan hatte, stumm auf der Schwelle des Schlafzimmers verharrte, um mit dem entgeisterten Blick und zerzausten Haarschopf eines Transvestiten, dem man gerade die Perücke vom Kopf gerissen hat, die zwei nackten, verschlungenen Körper ebenso anzustarren wie daneben den plumpen Abdruck seines Körpers auf dem zerknitterten Laken und seines Kopfes auf dem Kissen, als sähe er die eigene Abwesenheit, den eigenen Geist.

Ausgerechnet wegen seiner Rachegelüste, deren infantile Entsprechungen seine Schwester und er schon ineinander geweckt hatten, als sie noch kaum krabbeln konnten, hatten Matthew und Isabelle zueinandergefunden; deswegen empfand er nun auch – in der Art dumpfer, vager Zahnschmerzen – Eifersucht, eine Emotion, die er bisher überhaupt nicht gekannt hatte. Noch war es allerdings nicht so, daß er sich wirklich unglücklich fühlte; dafür fielen diese Attacken bisher viel zu schwach und sporadisch aus. Allerdings wollte das ihm gewährte Glück nun mit jenem anderen Glück in Einklang gebracht werden, auf das seine Wahl gefallen wäre, hätte er frei entscheiden können.

Galt seine Eifersucht Matthew? Vielleicht handelte es sich gar nicht um Eifersucht, sondern um blanken Neid, denn früher hatte er ja exklusiv über Körper und Geist seiner Schwester verfügt. Sehnsüchtig dachte er manchmal an die Reinheit des Tabus, das sie gemeinsam gebrochen hatten. Daß nun aber gerade jene Reinheit durch das Eindringen eines Dritten gebrochen worden war, erfüllte ihn bei aller Liebe, die er für Matthew empfand, mit leisem Abscheu. Ihre Eskapaden erinnerten ihn zudem an jene südamerikanischen Transsexuellen, die nachts durch den Bois de Boulogne streifen, aber auch an die vornehmen Boulevards ringsum, auf deren Trottoirs die Callgirls mit der Gleichmäßigkeit von Parkuhren aufgereiht stehen, sowie an Orgien, die von Geschäftsleuten mittleren Alters in Hotelzimmern mit luxuriös bestückten Minibars und Einwegspiegeln gefeiert werden.

Und es half Théo wenig, daß Matthew sein Herz weiterhin auf der Zunge hatte. Er liebte Théo und seine Schwester gerade deshalb, weil sie sich von ihm lieben ließen. *Ich liebe dich.* Diese drei Wörter fielen Matthew inzwischen so leicht wie das Atmen. Nie wurde er müde, sie zu wiederholen.

Théo empfand das an ihn gerichtete *Ich liebe dich* als sein Anrecht, ja als schlichte Selbstverständlichkeit. Hingegen vernahm er dieselben Worte, für Isabelle bestimmt, nie ohne nagenden Groll. Darin glich er Matthew mehr, als er glaubte, wünschte er sich doch sehnlichst, unzählige Geliebte zu haben, für die er umgekehrt der einzige Geliebte wäre.

Obwohl dies immer seltener geschah, kam es in der Wohnung weiterhin zu plötzlichen Anflügen von Klarheit, in denen dem einen oder anderen einfiel, daß die Stunde der Wahrheit nahte, daß sie von der Außenwelt, die sie schon so lange hatte gewähren lassen und die all ihren Wünschen entsprach, irgendwann zur Rechenschaft gezogen würden. So merkwürdig dies auch schien (doch im Grunde blieb ihnen selbst diese Merkwürdigkeit verborgen): besagte Stunde war offenbar auf unbestimmte Zeit verschoben worden. Kein Anruf aus der Normandie hatte die bevorstehende Rückkehr der Eltern angekündigt, und auch die Tante aus dem *Nègre Bleu* hatte nie mit ihnen Kontakt aufgenommen.

Das Telefon war ohnehin gänzlich verstummt; und als Théo einmal den Hörer abnahm, um die Nummer des Ferienhauses in Trouville zu wählen und so das Unvermeidliche doch noch abzuwenden, stellte er verdattert fest, daß die Leitung tot war und kein Freizeichen mehr ertönte.

Seine Verwunderung hielt gerade so lange an, daß er sich die Frage stellte, ob er die anderen wohl ins Bild setzen solle. Doch dann kam er zu dem Schluß, daß man das Telefon wohl gesperrt hatte, weil durch die anhaltende Abwesenheit der Eltern eine Rechnung nicht bezahlt worden war, und verschwendete keinen weiteren Gedanken daran.

Que reste-t-il de nos amours?
Que reste-t-il de ces bons jours?
Une photo, vieille photo
De ma jeunesse.

Que reste-t-il des billets-doux,
Des mois d'avril, des rendezvous?
Un souvenir qui me poursuit …
… qui me poursuit …
… qui me poursuit …
… qui me poursuit …

Wie ein nervöses Kind, das über ein mehrsilbiges Wort stolpert, sprang auch die Nadel auf der durch übermäßigen Gebrauch abgenutzten Platte stets an jener einen störrischen Stelle. Das Zuhören tat regelrecht weh. Doch nachdem sie es mit anderen Trenet-Chansons, aber auch mit populären Werken der klassischen Musik wie etwa Sibelius' *Valse triste* oder dem *Frühlingsrauschen* versucht hatten, drängte es sie alle gleichermaßen zu jenem Stück zurück, mit dem das Spiel begonnen hatte. Und schließlich ging ihnen die Wiederholung, die einst so unerträglich in den Ohren geklungen hatte, in Fleisch und Blut über.

Sie hatten die Heizung voll aufgedreht und pflegten nun unbekleidet durch die Wohnung zu schlendern. Splitternackt waren sie freilich nie. Jeder trug irgendein Kleidungsstück, Théo zum Beispiel ein weißes Bettlaken, das er sich wie eine Toga über die Schulter warf, Isabelle ein Paar pechschwarze und bis zu den Ellbogen reichende Abendhandschuhe, die sie von ihrer Großmutter geerbt hatte und in denen sie im Dunkeln so armlos aussah wie die Venus von Milo, Matthew den tief und locker um die Taille geschlungenen Wildledergürtel eines amerikanischen Pioniers. Und auf diese Weise bummelten sie durch das *quartier des enfants* und warfen sich hundertmal am Tag schneidig in Positur.

Keiner von ihnen hielt es länger für nötig, das Spiel – falls man noch von einem Spiel reden wollte – als *Home Movies* zu bezeichnen oder ihm sonst einen Namen zu geben. Dafür war es inzwischen zu dicht mit dem Geflecht ihres Lebens verwoben; und die filmischen Bezüge, mit denen alles angefangen hatte und die durch die jüngste Entwicklung überflüssig geworden waren, ließ man schließlich ganz beiseite. Als unbefriedigend wurde inzwischen auch das spielerische Zupfen und Zerren empfunden, das kichernde Kostümieren in den Kleidern des anderen Geschlechts, das *touche-pipi* und all die anderen jugendlich-wollüstigen Ulkereien. Die altehrwürdigen Requisiten hatten ihre Schuldigkeit getan und waren ausrangiert worden. Zurück blieb nichts als die schroffe Direktheit der sexuellen Begierde, der Haut, des Fleisches, des Körpers, in dessen Öffnungen sie sich wie verwaiste Jungfüchse verkrochen.

Vor lauter Hunger hatten sie ständig die entsetzlichsten Kopfschmerzen. Vollkommen abgebrannt, aber auch ohne jeden Gedanken daran, sich an Angehörige oder Freunde (welche Freunde denn?) zu wenden, bedeckte jeweils einer von ihnen seine Blöße mit einem schmutzigen, ausgeleierten Pullover und fleckigen Jeans und schlich in den Hof hinunter, um die an den Mauern stehenden Mülltonnen nach Essensresten zu durchwühlen.

Doch was sie zutage förderten – und es war wenig genug –, führte zu sofortiger Verstopfung. Nach entsprechendem Ächzen und Stöhnen und weiteren, noch sehr viel lachhafteren Geräuscheffekten produzierten sie schließlich einen Stuhlgang, der aus harten, moschusartigen Kieseln bestand, die in Farbe und Form an winzige Rugbybälle erinnerten und Isabelle hinter der Badezimmertür einmal den gequälten Aufschrei entlockten, sie lasse sich »von der Scheiße jetzt dann per Kaiserschnitt entbinden«.

Eines Nachmittags stieß Isabelle beim Durchforsten

der Speisekammer nach irgendwelchen Fressalien – nach einer noch im Cellophanpapier steckenden zerkrümelten Salzstange oder einer grau gewordenen Tafel Schweizer Schokolade – auf einen Schatz, den sie und ihr Bruder vollkommen vergessen hatten. Auf dem obersten Regal standen nämlich drei Dosen Katzenfutter, die man vor Urzeiten für eine inzwischen verstorbene Siamkatze gekauft hatte.

Théo fand einen Büchsenöffner und würgte die Deckel auf. Dann schaufelten die drei das feuchte, von Sülze umrandete Fleisch mit bloßen Händen heraus und verschlangen es, ohne an die Konsequenzen zu denken.

Doch leider reagierte ihr Verdauungsapparat nicht wie auf die Essensreste, die sie aus den Mülleimern im Hof gekramt hatten, sondern genau umgekehrt. Die Farbe wich aus ihren Gesichtern, und in den Mägen gärten und schäumten gasige Blasen. Die Hand flach auf den Mund gepreßt, um die vulkanartigen Eruptionen zurückzuhalten, preschten sie miteinander in Richtung Klo.

Isabelle bewies die größte Geistesgegenwart, indem sie jäh die Laufrichtung änderte und aufs Badezimmer ihrer Eltern zurannte, das sich außerhalb des *quartier des enfants* befand. Sie verriegelte sogleich die Tür, um ihre Mitbewohner fernzuhalten.

Théo und Matthew, die die Sache nun unter sich ausmachen mußten, flitzten durch den Korridor zum Klo neben Théos Schlafzimmer.

Im Türrahmen kam es zu einem kleinen Gerangel, während beide verzweifelt gegen ihre rebellierenden Körper ankämpften. Doch obwohl Matthew den Klosettsitz als erster erreichte, wurde er von Théo im nächsten Moment verjagt. Nach hinten geworfen, verlor Matthew Halt und Gleichgewicht und schlitterte wie ein Ballon, aus dem die Luft entweicht, über den Linoleumboden, während sein Gedärm Funken schlug, als wär's ein Feuerrad. Vor den Augen des nun unangefochten auf seinem Thron sitzenden Théo verwandelte sich Matthews Fleisch in einen reißenden und nicht länger einzudämmenden Schwall aus Kot, Sperma, Erbrochenem, Eidotter, weichem Karamell und silbrig gesprenkeltem Rotz.

Als Isabelle kurz darauf ins Klo trat, lag er noch immer ausgestreckt in den mannigfaltigen Flüssigkeiten, die sein Körper ausgeschieden hatte, und wirkte wie ein Blinder, der über sein Frühstückstablett gestolpert ist.

Liebevoll half sie ihm auf und säuberte ihn mit dem klatschnassen Schwamm, den sie in seine gewölbten Ritzen steckte und über der wunden Spalte seines Hinterns ausdrückte. Halb entsetzt und halb ergeben ließ er sie selbst dann noch gewähren, als sie dazu überging, sein Schamhaar abzurasieren, und zwar nicht nur rund um den Penis, sondern auch entlang der schmalen, schwelenden Pulverspur zwischen den Schenkeln. Als Matthew sich im Spiegel sah, begann er sich selbst zu erregen. Er rieb sich an seinem Spiegelbild und liebkoste es überall, während sich dieses nur auf die Lippen küssen ließ. Ein schwacher Abglanz dieser Küsse verblieb eine Zeitlang auf dem beschlagenen Spiegelglas und erstarb dann wie ein unmerkliches Lächeln.

Ohne Vorwarnung drückte Théo ihn plötzlich gegen die Reflexion. Mit verstörtem Blick – die Nase auf die Seite gedrückt, die Zähne gegen den Spiegel schrammend, die linke Wange auf die rechte seines Doppelgängers gepreßt – japste Matthew verzweifelt nach Luft, als beatmete ihn sein Spiegelbild von Mund zu Mund.

Ganz offensichtlich wollte Théo ihn sodomisieren.

Bisher hatten sich die beiden Burschen stets an gewisse Anstandsregeln gehalten, die festlegten, wann man aufzuhören hatte und über welche Stränge man schlagen oder nicht schlagen durfte. Seit den unwiederbringlichen, für immer verlorenen Anfängen hatten sich ihre Balgereien auf die kleinen Entwürdigungen und Selbsterniedrigungen rituellen Piesackens beschränkt. Nun aber, da Théo sich anschickte, Matthew zu vergewaltigen – eine Vergewaltigung, die diesen in Erregung versetzte, obwohl er wußte, daß sie dem Zweck diente, ihm Schmerz und Schmach zuzufügen –, hatten sie ihre Spielregeln über Bord geworfen.

In stummer Verzückung über dieses bizarre neue Paar beobachtete Isabelle, wie sich der erigierte Penis ihres Bruders durch den schmalen, mit Haaren überwucherten Pfad zwischen Matthews Gesäßbacken schob, während Matthew, der es unter des Spiegels reptilartigem Blick mit Mühe fertigbrachte, ein Auge zu öffnen, eine Reihe zerknautschter Gesichtszüge erblickte, die die seinen waren (und doch wieder nicht), die sich von den seinen unterschieden (und doch wieder nicht). Mit einem gepeinigten Stöhnen – sei's der Lust, sei's des Schmerzes – kapitulierte er bedingungslos und schickte sich endlich in die Rolle, die ihm vom Leben seit frühester Jugend zugewiesen worden war, nämlich in diejenige des gemarterten Engels von zerbrechlicher Gestalt und sanftmütigem Wesen, der gestreichelt und geschlagen, gewiegt und bespuckt wird

und der in jenen, die von ihm genauso angezogen werden
wie er von ihnen, den Wunsch weckt, die Unschuld, welche sie ursprünglich verführt hat, gleichzeitig zu schützen
und zu schänden.

Que reste-t-il des billets-doux,
Des mois d'avril, des rendezvous?
Un souvenir qui me poursuit …
… qui me poursuit …
… qui me poursuit …
… qui me poursuit …

Der Haushalt hatte zu jener Identität gefunden, die er
schon seit dem Morgen angestrebt hatte, da die Erwach-
senen abgereist waren. Sie – Théo und Isabelle – genossen
das Vorrecht von Onanisten, im Geiste zu tun, was ihnen
beliebt, mit wem es ihnen beliebt und so oft es ihnen
beliebt, ein Vorrecht, das in immer extremere Phantasien
münden muß. Der einzige Unterschied bestand nun darin, daß Matthew das fleischgewordene Objekt solcher
Phantasien war. Doch wie sehr er auch gepeinigt wurde,
welche Demütigungen man für ihn auch aussersah, stets
blieb er das Liebesobjekt seiner Peiniger. War die Demüti-
gung erst überstanden, umarmten sie ihn sogleich mit Tränen in den Augen, überhäuften und erstickten ihn mit
ihren Küssen und baten ihn auf die denkbar devoteste und
aufrichtigste Weise um Verzeihung.

Und in diesem Wechselbad entdeckte er stets von
neuem die erregenden und erniedrigenden Gefühle der
Avenue Hoche.

Die Außenwelt, jene Welt also, deren rechtschaffene Durchschnittsbürger ihnen – und denen sie – aus dem Weg gingen, die Welt, die vor der verriegelten Wohnungstür stehenblieb, als traue sie sich nicht mehr hinein, wirkte derweil, zumindest auf Menschen, die über Augen und Ohren verfügten, merkwürdig schwerelos. Wie sonst sollte man sich das Verstummen des Telefons erklären, den Trommelwirbel der Schritte, die auf dem Trottoir unter dem Schlafzimmerfenster widerhallten und ebenso jäh mit einem Trappeln verklangen, derweil kreuz und quer durch die nächtliche Stadt Sirenen von Krankenwagen, Löschfahrzeugen und Polizeiautos ertönten, aber auch Explosionen, die man allerdings kaum hörte, so als wären Bomben unter Glas detoniert?

Und diese Geräusche – gedämpft, narkotisiert und vergleichbar denen, die man vernimmt, wenn man sich die Ohren zuhält und plötzlich losläßt –, diese Schritte, Sirenen, Explosionen, geborstenen Fensterscheiben, dieses ganze apokalyptische Getöse war die Begleitmusik für die allerletzte Phase des Spiels, in der Théo, Isabelle und Matthew Arm in Arm in die Hölle hinunterstiegen – oder vielmehr zu dieser aufführen.

… qui me poursuit …
… qui me poursuit …
… qui me poursuit …
… qui me poursuit …
… qui me poursuit …

Die Wohnung lag still und ruhig da, luftdicht verschlossen wie ein Sarg. Es roch muffig, und kein Lichtstrahl drang durch die Vorhänge ins Schlafzimmer. Isabelle lag ausgestreckt auf dem Bett und ließ den Kopf fast bis auf den Teppich hinunterhängen; die Füße wirkten in ihrer perspektivischen Verkürzung wie die einer Gehenkten. Théo, dem eine schlaffe Stirnlocke die Sicht verdeckte, lag zusammengekugelt neben ihr. Matthew saß im Schneidersitz und mit gesenktem Kopf auf dem Boden, und Gesicht und Brustkorb erinnerten an einen Indianer, denn sie waren mit Kreuzen, Bogen und verschnörkelten Schlaufen aus Exkrementen bemalt.

Doch inzwischen vermittelten die drei nicht mehr die verschlungene Eleganz eines Monogramms, sondern die gräßliche, graugrüne Ruhe des Floßes der Medusa.

Nichts konnte sie mehr aufhalten, als sie nun über diese Lethe setzten, die genauso verschmutzt war wie jeder andere Fluß.

Egal ob sie tot waren oder nur schliefen – sie ließen sich von keinen rüden äußeren Warnsignalen mehr aufwecken, nicht von den Schritten, Sirenen, Explosionen, Rufen, Schreien, Freudenausbrüchen oder dumpfen Kegelbahngeräuschen, aber auch nicht von dem Quietschen der Reifen oder den Pfiffen und Liedern, die ihnen nichtsdestoweniger näherkamen. Wie ein Traum, wie eine Schneewehe, wie eine Kokainlawine, so hatten die bleiernen Längen der Ewigkeit die Hausbewohner hier im ersten Stock unweit der Place de l'Odéon schon alle unter sich begraben.

Doch plötzlich kam die Straße wie Peter Pan durchs Fenster geflogen.

Ein hochgeschleuderter kleiner Pflasterstein krachte

ins Schlafzimmer und bedeckte das ganze Bett mit den Scherben des eingeschlagenen Fensters. Er landete auf dem Plattenspieler. Er zerschmetterte die Trenet-Platte.

Sie waren nicht tot.

Im sternförmigen Loch des Fensters stand eine kalte, verschwommene Sonne. Lärm, Licht und Luft verwandelten das Zimmer – der Lärm war ohrenbetäubend, das Licht blendend, die Luft berauschend.

Sie öffneten die Augen. Wie Astronauten in einer Druckkabine standen sie unsicher auf. In Zeitlupe näherten sie sich dem offenen Fenster, fühlten sich hingezogen, als würden sie gleich vom Universum verschluckt, ein Fuß schwebte über dem Boden, derweil der andere gedämpft aufsetzte. Théo rutschte aus. Isabelle überholte ihn. Matthew stolperte über die Empire-Tischlampe. Lautlos zerbarst die Glühbirne.

Sie erreichten das Fenster. Théo riß es auf, nachdem er den Vorhang zur Seite geschoben hatte, und starrte hinunter. Über die ganze Länge der schmalen, gewundenen Straße bot sich ihm folgender Anblick:

Linker Hand, zur Place de l'Odéon hin, stand inmitten von Geröll, Pflastersteinen und abgerissenen Ästen eine Phalanx behelmter Polizisten der CRS, die mit der Bedachtsamkeit einer römischen Legion vorrückte. Schutt knirschte unter den Absätzen ihrer ledernen Schaftstiefel. In den mit schwarzen Handschuhen geschützten Händen hielten sie Schlagstöcke, Schußwaffen und Metallschilde, deren Verzahnung an jene Geduldsspiele erinnerte, bei denen sich fünfzehn bewegliche Plättchen auf sechzehn kleine Quadrate verteilen. Die Polizisten formierten sich, und sobald einer eine Lücke aufriß, wurde sie vom nächsten schon wieder geschlossen, so daß die Metallschilde wie gehabt ineinandergriffen.

Auf halber Höhe der Straße hatte man einen Wagen umgekippt, der nun so vertrauensvoll auf dem Rücken lag wie ein Baby, das darauf wartete, gewickelt zu werden. Gerippte Eisengitter mit Waffelmuster wurden wie die Einzelteile eines Metallbaukastens aus dem Pflaster gerissen und auf das Auto geschichtet.

Auf der rechten Seite ergoß sich bis über die Trottoirs ein Strom, ja, eine wahre Flut der Weltjugend, untergehakt, die Fäuste emporgereckt und angeführt von einer jungen Frau, einer halbwüchsigen Pasionaria oder Jeanne d'Arc im Dufflecoat, in der Hand eine riesige rote Fahne, die in der Brise flatterte und tanzte.

Die Demonstranten sangen, während sie marschierten, und spielten dabei unverfroren für die Galerie – oder vielmehr für die Anwohner auf den Balkonen, die ins Sonnenlicht getreten waren und nach einem Moment des Erstaunens und Zögerns in den Gesang einstimmten, als hätte die Straße selbst endlich ihre Stimme gefunden. Und was sie dabei sang, war das schönste, das ergreifendste Volkslied der Welt.

Debout les damnés de la terre!
Debout les forçats de la faim!
La raison tonne en sa cratère
C'est l'éruption de la faim!

Du passé faisons table rase
Foule esclave, debout, debout!

Le monde va changer de base
Nous ne sommes rien, soyons tout!

C'est la lutte finale
Groupons-nous et demain
L'Internationale
Sera le genre humain!

Théo, Isabelle und Matthew waren über das bizarre Schauspiel, das sich ihrem Auge bot, genauso erstaunt, wie es seinerzeit wohl auch Sarah Bernhardt gewesen war, als ihr Kutscher sie einmal nicht auf dem gewohnten Weg von ihrem *hôtel particulier* zur Comédie-Française fuhr, worauf sie vor der Église de la Madeleine angeblich laut gerufen hatte: »Um Himmels Willen, was hat denn ein griechischer Tempel mitten in Paris verloren?«

Selbst wenn einer von ihnen jenes babylonische Stimmengewirr tatsächlich gehört hätte, das neben der Trenet-Platte mehr und mehr die Begleitmusik zum Spiel bildete, wären ihnen die rein äußerlichen Geräusche aufgrund ihrer schrillen inneren Akustik vermutlich genauso natürlich vorgekommen wie die Hintergrundmusik eines Films, deren Herkunft man auch nicht hinterfragt. Wie groß war deshalb ihre Überraschung, als sie feststellten, daß dieser kaum wahrgenommene, fast unterschwellige Widerhall die Tonspur eines ganz anderen Films war, den sie nur als Zuschauer verfolgten, flüchtig präsent und im Grunde kaum anwesend.

Théo war der erste, der sich aufraffte. »Ich geh' jetzt runter«, sagte er.

Er begab sich vom Balkon ins Badezimmer und wusch sich das Gesicht mit kaltem Wasser. Matthew und Isabelle folgten ihm. Zunächst sprach keiner ein Wort. Schnell und zielstrebig machten sie Toilette. Matthew schrubbte sich, den anderen den Rücken zugewandt, die okkulten Zeichen von Gesicht und Rumpf. Die eingetrockneten Exkremente, die hart wie Lehm geworden waren, bröckelten ins Waschbecken. Dann aber setzte sich seine gute amerikanische Kinderstube durch, und er stieg in die Badewanne, nahm den Brausekopf aus der Halterung und duschte sich von Kopf bis Fuß ab. Keiner der anderen folgte seinem Beispiel.

Sie lasen im Flur die noch immer herumliegenden Kleider vom Linoleumboden, zogen Unterwäsche, Hemden, Jeans, Socken und Schuhe an und rannten, ohne daß bisher ein Wort gefallen wäre, auf die Straße hinunter.

Es hatte den ganzen Tag geregnet. Jetzt, wo die Sonne wieder schien, hing Paris zum Trocknen an der Leine. Trottoirs, Fassaden und auch die Regenmäntel der CRS schimmerten naß. Das umgekippte Auto war ein roter Citroën, dessen herausgerissene Türen man als Panzer benutzte. Die Windschutzscheibe war eingeschlagen, der Kofferraum eingebeult worden. Dahinter kauerten die jungen Demonstranten, die zur Internationale marschiert waren, in Bluejeans, dunkelroten Halstüchern und zwei bis drei Pulloverschichten.

Mit ihren hochgereckten Köpfen erinnerten diese Demonstranten an Kinder, die im Jardin du Luxembourg auf den Beginn der Grand-Guignol-Vorstellung warten. Doch wie die Hauptattraktion beim Guignol das Publikum ist, so übten auch auf Théo, Isabelle und Matthew nicht etwa die CRS-Polizisten mit ihren kasperleartigen Gummiknüppeln die größte Faszination aus, sondern die jungen Leute, die in den Hauseingängen und hinter Litfaßsäulen lauerten, auf denen für Eric Rohmers *La Collectionneuse* und Benjamin Christensens *Haxan* geworben wurde.

Die Cafés hatten die Türen geschlossen und Stühle und Tische achtlos aufeinander gestapelt. Die Gäste spähten, Bierglas oder Kaffeetasse in der Hand, durch die Fensterscheiben ins Freie. Andere lasen seelenruhig weiter in Zeitungsberichten über genau jene Unruhen, die sich draußen auf der Straße in wenigen Metern Entfernung abspielten, und ähnelten darin Opernfreunden, die im Schein ihrer Taschenlampe einen Blick in die Partitur werfen.

In einem Café riß ein lächelnder junger Nordafrikaner mit lückenhaftem Gebiß und einer Narbe an der rechten Wange einen Flipperautomaten brutal hin und her. Ein zweiter Mann, gebürtiger Franzose, beugte sich über die Theke und plauderte mit dem Büfettier, der ein leeres Glas nach dem anderen ausspülte und mit einem eleganten Schlenker seines Geschirrtuchs trockenrieb. Hinter ihm machte die Kaffeemaschine einen größeren Krach, als das jeder Sprengsatz fertiggebracht hätte.

Diese Ruhe vor dem Sturm erinnerte an die Verfilmung einer Schlachtszene, bei der Schauspieler, Filmcrew, Kameramann und Statisten ebenfalls nur darauf warten, daß der Regisseur *Action!* ruft.

Trotzdem herrschte ein entsetzlicher Radau. Neben den Schreien, Pfiffen und Megaphonen war auch das

Jaulen einer Citroën-Hupe zu hören, in die sich ein fächerförmiges Stück Eisengitter verklemmt hatte. Über dem Lärm war zudem der leise, dünne, ja fast unhörbare Ton der Stille zu vernehmen – die Stille der Spannung und Erwartung, die grollende Stille des Trommelwirbels, der im Zirkus einer halsbrecherischen Akrobatennummer vorangeht.

Während dieser kurzen Verschnaufpause nahmen Théo, Isabelle und Matthew jedes Detail in plastischer Deutlichkeit wahr: die CRS-Polizisten mit ihren Totenkopf-Gasmasken, die herumliegenden Pflastersteine, die überfüllten Cafés, den Rauch, der aus der zertrümmerten Windschutzscheibe des Citroën quoll, die Anwohner auf ihren Balkonen, das Kindergesicht in einer Öffnung der Balustrade, die in alle Himmelsrichtungen ausschwärmenden Demonstranten, die von der Pasionaria im Dufflecoat geschwungene rote Fahne. Und die Graffiti. Hier nämlich hatten die Wände nicht Ohren, sondern Münder.

LES MURS ONT LA PAROLE

SOUS LES PAVES LA PLAGE

IL EST INTERDIT D'INTERDIRE

PRENEZ VOS DESIRS POUR LA REALITE

LA SOCIETE EST UNE FLEUR CARNIVORE

ETUDIANTS OUVRIERS MEME COMBAT

COURS, CAMARADE, LE VIEUX MONDE EST DERRIERE TOI

LIBEREZ L'EXPRESSION

L'IMAGINATION AU POUVOIR

Dann rief der Regisseur *Action!*

Die Polizisten setzten sich in Bewegung. Ihre Knüppel fuhren so geschmeidig durch die Luft, als agierten sie unter Wasser. Die römische Legion existierte nicht mehr. Selbst ist der Mann, lautete nun die Losung. Allein oder paarweise rückten die in ihren Gasmasken wie Marsmenschen wirkenden Polizisten in unterschiedlichem Tempo vor und wehrten mit ihren Schilden die Steine, Äste, Kotflügel und Wurfbeutel ab, die von der anderen Seite des Citroën herübergeschleudert wurden.

Anfangs konnten die Demonstranten die Stellung noch halten. Ein paar Draufgänger reckten trotzig die Fäuste. Sie versuchten erneut den Refrain der Internationale anzustimmen, welcher jedoch schon bald in einem planlosen Geschrei und Gejohle unterging. Als ihre kümmerliche Munition verschossen war, benutzten sie für das Nachhutgefecht alles, was sie in die Finger kriegten. Dabei stolperten sie über das rissige und heimtückisch holprige Straßenpflaster und schlugen sich Knie und Knöchel auf.

Die CRS-Polizisten schleuderten Tränengaskartuschen hinüber, die mit dem dumpfen Geräusch eines Pakets aufprallten, das durch den Briefkasten plumpst. Nach einem Moment der Ungewißheit, in dem man sich fragte, ob die Kartuschen tatsächlich funktionierten, stiegen kleine, kegelförmige Zyklone orangefarbenen Rauchs daraus empor. Diese schwollen zu monströser Größe an und türmten sich vor Demonstranten und Polizisten unbändig auf wie ein Geist, den man aus der Flasche gelassen hat.

Auf den Balkonen traten die Anwohner den Rückzug an und knallten hinter sich Läden und Fenster zu. Mit der Geste von fahrenden Rittern, die ihre metallenen Visiere zuklappten, bevor sie sich in die Schlacht stürzten, zog sich ein Demonstrant nach dem anderen das Halstuch über Mund und Nase. Dann rannten sie los, verfolgt von den Hütern der Ordnung.

Ein junger Schwarzer wurde im Eingang eines Cafés von zwei Polizisten in die Mangel genommen. Er kniff die Augen zusammen und hielt die gespreizten Finger schützend über sein kurzgeschnittenes Kraushaar, bevor er unter den mechanisch auf ihn niederprasselnden Schlägen zusammenbrach. In dem bis auf den letzten Platz besetzten Café sah man nichts als das maschinenartige Auf und Ab der Knüppel. Die unmittelbar beim Fenster sitzenden Gäste drückten ihre Nasen gegen die Scheibe, ohne aber herausfinden zu können, wer der Betroffene war.

Weiter vorn wurde eine junge Frau über die Straße gehetzt. Sie war sehr fotogen und erinnerte in ihrem Trenchcoat an Greta Garbo; das rotbraune Haar steckte unter einen Schlapphut, der aus dem gleichen Material gefertigt war wie der Mantel. Sie erreichte ein offenes Parterrefenster, rannte daran vorbei, machte kehrt. Anfangs zum fassungslosen Entsetzen des älteren Paares im Fensterrahmen, dann aber mit dessen aktiver Unterstützung hechtete sie über die Fensterbank in die Wohnung. Obschon das Fenster unmittelbar hinter ihr geschlossen wurde, zertrümmerte es sogleich ein lässig geschwungener Polizeiknüppel.

Nun hetzten die Demonstranten, denen die Augen vom Reizgas tränten, hierhin und dorthin, zwei Schritte vor und einen Schritt zur Seite, genau wie der Springer im Schach, scherten aus, um einen herumliegenden Pflasterstein zu ergreifen und über die Schulter nach hinten zu werfen, neckten, spotteten, schlugen Haken, schlitterten, stürzten und holten die Verwundeten aus der Schußlinie. Gleichzeitig wurden sie von den Polizisten, die wie Läufer mit Umhang und Mitra diagonal über das Schachbrett fegten, erbarmungslos durch die verstopfte Straße in Richtung Place de l'Odéon getrieben.

An der Straßenecke stolperte Matthew, der Théo und Isabelle im Gewimmel aus den Augen verloren hatte, über einen halb ohnmächtigen jungen Mann, dessen hübsche, düstere Züge blutig gestreift waren wie die des Kennedy-Sohnes auf Isabelles Fotografie. Seine Schließmuskeln hatten versagt. Ein dreieckiger Fleck breitete sich im Schritt seiner Jeans und über den Saum seines linken Hosenbeins aus.

Angesichts dieses angeschwemmten Stücks Treibgut traten Matthews Augen vor Rührung über die Ufer. Ein Bild leuchtete vor ihm auf, das Bild des hinreißenden Ungeheuers, das er vor der National Gallery über die Straße hatte gehen sehen. Wie damals beeindruckte ihn auch jetzt wieder die Erhabenheit des jungen Mannes, die Erhabenheit seines blutverschmierten Gesichts, seiner zuckenden Augen, seines Halstuchs, seiner befleckten Jeans.

Théos Anruf hatte ihn seinerzeit mitten aus dem Traum gerissen. Dies aber war kein Traum. Er würde das Wunder tun. Er würde ihn von den Toten auferwecken.

Er kniete neben dem jungen Mann nieder, dem seine Inkontinenz furchtbar peinlich war, weshalb er den Fleck mit schwacher Hand zu verbergen suchte. Doch Matthew ging sehr geschäftsmäßig vor. Er löste den Arm vom Unterleib des anderen, legte ihn sich um die Schulter und stützte den Burschen gegen die Mauer.

»Kannst du mich hören?« flüsterte er ihm ins Ohr.

Der junge Mann schwieg.

Matthew sprach lauter. »Kannst du gehen?« fragte er. »Todsicher kannst du das, wenn du nur willst und dich stützen läßt. Klammer dich an meiner Schulter fest.«

Doch kaum stand der junge Mann, knickten seine Beine wieder ein, und er glitt zu Boden.

»Na komm, beiß die Zähne zusammen. Du schaffst das schon. Ja, so ist gut, sehr gut.«

Schließlich hievte Matthew den jungen Mann in eine aufrechte Position und schickte sich an, ihn aus dem Wirkungsbereich der CRS zu schleppen, indem er die Hände des anderen um seinen Hals schlang und ihn hinter sich herzog.

Doch schon im nächsten Moment wurde er von einem bärtigen Mann Ende dreißig angehalten. An der schwarzen Lederjacke, der beigen Baumwollhose, dem offenen Sporthemd und den dunklen Brillengläsern erkannte man sofort den Zivilfahnder. Sein Gesicht war von Pickeln übersät, und er wirkte ganz so, als sei er hinter seinem Spitzbart schlecht rasiert.

Ein Fotoapparat baumelte vor seinem Hemd. Damit hatte er die Gesichter der »Rädelsführer« geknipst.

Er rempelte Matthew so grob an, daß der blutverschmierte junge Mann erneut an der Mauer hinunterglitt wie eine Comicfigur, die unter eine Dampfwalze geraten ist.

»Was hast du eigentlich vor, verdammt noch mal?« fauchte der Zivilfahnder.

»Ich? Äh …«

»Wenn du nicht mit diesem kleinen Bettnässer eingelocht werden willst, verpißt du dich jetzt besser! Na, wird's bald?«

»Aber Monsieur, Sie sehen doch, daß er verletzt ist! Er muß verarztet werden.«

Der Polizist packte Matthew am Jackenaufschlag.

»Da schau an! Du bist ja gar kein Franzose, wie? Was ist denn das für ein reizender Akzent?« knurrte er und packte ihn am Hals. »Deutsch? English? Engleesh?« fragte er und zog das Adjektiv der Deutlichkeit halber in die Länge.

»Ich bin Amerikaner.«

»Ach so, Amerikaner? Na, da gratuliere ich, mein lieber Freund aus Ami-Land.« Er trat mit der Stahlkappe seines Schuhs gegen Matthews Knöchel. »Du hast dir nämlich soeben deine Abschiebung eingehandelt. Ab-schie-bung. Capito?«

Matthew wand sich unter seinem Griff. Er bekam eine Gänsehaut, als er die nußbraunen Fingernägel des Polizisten erblickte, dessen Atem nach Gauloise-Zigaretten roch.

Plötzlich stand, wie aus dem Boden gewachsen, Théo vor ihnen, in der Hand einen Pflasterstein. Der Polizist hatte höchstens zwei Sekunden Zeit, um Théo wahrzunehmen, bevor ihm dieser den Stein mit aller Kraft ins Gesicht drosch. Der Schlag ließ den Fahnder zu Boden gehen. Mit einem Stöhnen faßte er sich an die Nase, aus deren beiden Löchern gleichzeitig das Blut herausschoß, während seine Brille wie ein schlaffes Fahnentuch vom Ohr baumelte.

Théo zerrte Matthew weg.

»Und was ist mit ihm?« fragte Matthew und deutete auf den jungen Mann, der noch immer auf dem nassen Pflaster lag. »Sollten wir ihn nicht …«

»Mann, spinnst du?«

Zusammen mit der nervös gewordenen Isabelle folgten sie der Demonstrantenschar, die auf den Carrefour de l'Odéon getrieben wurde wie ein reißender Bach, der sich ins Meer ergießt.

Der Carrefour bot ein Bild der Verwüstung. Die umgekippten Wagen, die abgefackelten Busse, die demolierten Cafés, die geplünderten Restaurants, die letzten durch die Seitenstraßen davonhumpelnden Verwundeten – all dies führte ihnen vor Augen, daß der Zusammenstoß, den sie gerade erlebt hatten, lediglich ein Scharmützel gewesen war im Vergleich zu der Schlacht, deren Ergebnis diese Szene darstellte.

Mitten auf dem Platz war eine Barrikade errichtet worden. Zu diesem Zweck hatte man innerhalb weniger Stunden die Platanen gefällt, die den Boulevard Saint-Germain seit Jahrhunderten gesäumt hatten. Jetzt, da die

Schlacht geschlagen, verloren und gewonnen war, sah man, daß sich die Barrikade über die ganze entvölkerte Straße zog, unverteidigt und höchstens noch für ein großes Feuer zu gebrauchen.

Ein alter Mann mit marineblauer Baskenmütze und schwarzer Augenklappe hatte sich im Eingang des Cinéma Danton untergestellt. Glasscherben knirschten wie Schnee unter seinen Schuhsohlen, als er die Szene zu überschauen suchte. In sein gesundes Auge traten Tränen, und er rief, an die Allgemeinheit gerichtet: »Halunken! Elende Halunken! Die Bäume waren ein Teil der Pariser Geschichte. Man hat die Geschichte zerstört!« Noch hatte er nicht begriffen, daß Geschichte schon immer gemacht wurde, indem man Bäume fällte – so wie Späne dort fallen, wo gehobelt wird.

In der Nähe des Metroeingangs stand eine Litfaßsäule, auf der ein bierbäuchiger junger Mann in blaßgrüner Windjacke kauerte, als wäre er King Kong, der Quasimodo des Empire State Building. Nachdem er sich mehrmals unsicher aufgerichtet hatte und auf alle viere zurückgesunken war, vermochte er schließlich sein Gleichgewicht zu halten. Und wie er nun die Trümmerlandschaft überblickte, erwartete man geradezu, daß er sich triumphierend auf die Brust schlagen würde.

Théo, Isabelle und Matthew folgten ihrem Instinkt, als sie über das südliche Trottoir des Carrefour rannten, vorbei am Cinéma Danton, an der *bouche du métro* und an der Litfaßsäule, um schließlich in die Rue Racine einzubiegen. Die Tore der École de Médecine standen offen. Im Hof wimmelte es von Demonstranten, die dort Schutz gesucht hatten wie Flüchtlingsmassen auf dem

Gelände einer Botschaft. Die Mauern waren mit hektographierten Aufrufen zu Komitees, Sitzungen und Versammlungen vollgekleistert, aber auch mit Manifesten, Ultimaten und derben, auf Matrizen geschriebenen Pamphleten, die sich gegen Innenminister Marcellin, Polizeipräfekt Grimaud und de Gaulle richteten.

Mitgeschwemmt im Gewühl, betraten die drei Freunde das Gebäude.

Im Hausinneren herrschte eine unberechenbare, phantastische Stimmung. Durch die Korridore schlenderten Medizinstudenten, halbe Teenager noch, auf dem Gesicht Operationsmasken, die sie vor einem Tränengasangriff schützen sollten. Über der Pendeltür, die in den Operationssaal führte, hatte irgendein Witzbold einen Totenkopf mit gekreuzten Knochen befestigt – keine Flagge wohlgemerkt, sondern einen echten Schädel und zwei echte Knochen. Im Keller unten, in der Leichenhalle der Fakultät, hatte man das beinhart gefrorene Fleisch von sechs nackten Leichen auf schimmernden Karren aufgebahrt.

In dem kalten weißen Raum wären diese Statuen des Todes, diese angeschlagenen und verstaubten Gipsformen des Todes, die nichts als Zoten und dreiste Blicke über sich ergehen lassen mußten, selbst den Toten tot erschienen. Der Tod hatte sie zerfressen wie der Krebs einen Sterbenden. Nicht einmal Jesus hätte sie wieder zum Leben erwecken können.

Rund um die Leichen wurde lebhaft darüber diskutiert, ob man sie, falls die Fakultät belagert würde, in den Hof tragen und über das Gitter vor die Füße der CRS werfen sollte.

Dafür gab es natürlich ein großes historisches Vorbild, nämlich El Cid, dessen auf den Sattel geschnallter Leichnam einstmals die spanische Armee in die Schlacht gegen die Mauren geführt hatte. Doch niemand wußte, was zu tun war. Niemand wagte eine Entscheidung. Vor den Toten machten selbst diese jungen Bilderstürmer halt.

Eine Stunde später sickerte durch, daß die CRS-Einheiten über den Boulevard in Richtung Saint-Germain-des-Prés abgebogen waren, worauf die Studenten, die an diesem Tag nicht Dienst hatten und deren Namen nicht auf dem »Besetzungsplan« standen, der im Hauptkorridor der Fakultät am Schwarzen Brett hing, auf die Straße zurückschlichen und sich auf den Heimweg machten.

Da Théo, Isabelle und Matthew nicht durch dumme Fragen auffallen wollten, hielten sie es für angezeigt, sich ebenfalls davonzustehlen.

Das Fehlen von Fußgängern und Straßenverkehr gab dem Carrefour de l'Odéon etwas von der zugigen Weite eines Drehorts. Auf jeder Seite, entlang seiner Zuflüsse Rue de Condé, Rue de l'Ancienne Comédie und Rue Hautefeuille, tippelten blutende und unversehrte Demonstranten in Zweier-, Dreier- und Vierergruppen von der leeren Bühne, auf der das Drama inszeniert worden war. Das Schlußlicht bildete ein junger Bursche in weiter Pelerine, der seine Flucht kurz unterbrach, um mit der schelmischen Pirouette eines kleinen Mohren mit Lockenperücke ein blutbeflecktes Halstuch aufzuheben, das einem anderen Flüchtenden in den Rinnstein gefallen war.

Zu ihrer Überraschung war die Place Saint-Michel an diesem Nachmittag verschont geblieben. Trotzdem hatte nur noch eine der Brasserien rund um den Springbrunnen offen. Als sie daran vorbeigingen, um über den Pont Saint-Michel auf die Île de la Cité zu gelangen und anschließend die Seine auf einer der Brücken weiter südlich erneut zu überqueren, klopfte jemand von innen an die Scheibe des Lokals.

»Théo! Théo!«

Es war Charles. Obschon ein Jahr älter als Théo, hatte er mit diesem einst die Schulbank gedrückt. Als Charles später in ein Polytechnikum übertrat, um Wirtschaft zu studieren, hatten sich die beiden aus den Augen verloren. Schon als Schüler war er konservativ und kapitalistisch gesinnt gewesen. Er las das *Wall Street Journal,* das er bei einem leicht verwirrten Zeitungshändler speziell hatte in Auftrag geben müssen, und sagte gerne beiläufig, nun wolle er bei seinem »Bankier vorsprechen«, obwohl er lediglich zur Bank ging. Dennoch war er in einer zynischen Welt kein Zyniker. Théo mochte seine steife, altmodische Galanterie, die schlenkernden Arme und das stumme Lachen, das seine hochgewachsene, breitschultrige Gestalt oft durchschüttelte.

Sie gingen hinein.

Charles stand allein beim Fenster, in der Hand ein Glas Bier. Er war kaum wiederzuerkennen. Anstelle eines Anzugs in betont nüchternem Schwarz – wie es lange Zeit sein Markenzeichen gewesen war – trug er nun eine Bomberjacke mit schmutzigem Pelzkragen, fleckige Jeans und ein grob kariertes Hemd. Noch ausgefallener freilich wirkte sein Schädel, der bis auf einen dicken Haarknoten im chinesischen Stil kahlgeschoren war.

Er klopfte Théo auf die Schulter.

»Théo – nicht zu fassen! Wie läuft's denn so?«

Einen Moment lang rang Théo nach Worten.

»Charles? Bist du's wirklich?«

»Was hast denn du geglaubt? Natürlich bin ich's. Erkennst du mich nicht wieder?«

»Dich schon«, antwortete Théo und deutete auf den Haarknoten. »Aber den da nicht.«

Charles zog daran.

»Gefällt er dir nicht? Findest du nicht, daß er mir steht?«

»Ich begreife das nicht.«

»Was begreifst du nicht?«

»Dich«, sagte Théo ratlos. »Sonst warst du doch immer so schick und gut angezogen. Zweireiher, getupfter Schlips, *Wall Street Journal*. Und schau dich jetzt an!«

Statt dessen schaute Charles Théo an.

»Auch du hast dich verändert. Erstens stinkst du.« Er befingerte Théos Kleider. »Und was sollen diese Lumpen? Du siehst darin aus wie eine Zola-Figur.«

»Das ist eine lange Geschichte«, antwortete Théo nach einer Pause.

Nun trat eine noch längere Pause ein, die Charles schließlich grinsend beendete: »Genau wie meine.«

Nachdem er Isabelle geküßt und Matthew die Hand gegeben hatte – als Kinomuffel sah er ihn zum erstenmal –, fügte er hinzu: »Ich geb' euch einen aus.«

Die drei wollten lieber etwas essen.

»Essen? Tja, ich weiß nicht«, sagte Charles und blickte hinüber zur Theke. »Eigentlich ist alles ein bißchen knapp im Moment, aber ich werde mal nachschauen.«

Ihnen war schleierhaft, was er mit »knapp« meinte, aber es gab ja so vieles, was ihnen schleierhaft blieb.

Als er ein paar Minuten später mit Sandwiches und Coca-Colas zurückkehrte, wiederholte Théo seine Frage.

»Na, was ist denn nun mit dem Haarknoten?«

»Ich war in der Mongolei.«

Charles beobachtete mit sichtlichem Vergnügen, wie sein Freund die Enthüllung aufnehmen würde, und kam voll auf seine Rechnung.

»In der Mongolei?«

»Ich habe sieben Wochen bei einem Nomadenstamm in der Wüste Gobi gelebt.«

»Aber dein Studium? Das Polytechnikum?«

»Ach, mein Studium ...«

Ausdruckslos starrte er vor sich hin, als gehörte jenes Studium in eine trübe, abgestorbene und unwiederbringliche Phase seines Lebens.

»Schau dich doch um, Théo. Geschichte, Wissen, Phantasie – sie haben die Straße erobert und befinden sich im Umlauf. Sie sind nicht länger das Privateigentum einer Elite.«

»Mir war gar nicht bewußt«, konterte Isabelle, »daß das *Wall Street Journal* in die Wüste Gobi geliefert wird.«

»Ich lese keine Faschistenblätter!«

Théo und Isabelle wußten nicht, was sie von diesem Schwindler halten sollten.

»Was ist mit dir bloß passiert?« rief Théo.

Er starrte die Überlebenden des Gefechts an, die nun

Bier und Cola tranken wie in einer Pause zwischen zwei Vorlesungen. »Was ist mit allen anderen passiert? Warum stehen überall Barrikaden und CRS-Wagen? Was ist hier eigentlich los, verdammt noch mal?«

»Du stellst mir ernsthaft diese Frage? Du weißt es tatsächlich nicht?«

Charles versuchte aus Théos Miene zu lesen, ob ihn dieser auf den Arm nahm.

»Nein, ganz ehrlich!«

»Wo zum Teufel wart ihr denn?«

»Oh, fort …«

»Fort? Und wie seid ihr zurückgekommen?«

»Zurückgekommen?«

»Wie habt ihr wieder ins Land einreisen können?«

Darauf gab es keine Antwort. Charles, dessen Brauen zu zwei buschigen Zirkumflexen hochgezogen waren, konnte Théos ausdrucksloses Starren bloß stumm erwidern.

»Langsam glaube ich fast, nicht ich habe in der Wüste Gobi gelebt, sondern ihr!«

Schließlich ließ er sich aber doch davon überzeugen, daß seine Freunde aus noch ungeklärten Gründen nichts über den Aufruhr wußten, der zuerst die Fakultät Nanterre, dann ganz Paris und schließlich »die vier Ecken des Hexagons« erschüttert hatte (um die Formulierung der Nachrichtensprecher zu verwenden), und so erzählte er ihnen nun die Geschichte, die unter dem Titel *les événements de mai* bereits Allgemeingut war.

Und so erfuhren sie, wie ausgerechnet der Rauswurf von Henri Langlois aus der Cinémathèque zum Sarajevo jener *événements,* zumindest aber zum Kristallisationspunkt des bereits in der Luft liegenden Geistes der Revol-

te geworden war und dadurch eine Flamme entzün-
det hatte, die anschließend wie die olympische Fackel im
Staffellauf weitergereicht worden war.

»Es ist nicht nur die Universität, nicht nur Paris!« sagte Charles, der seinen Gefühlsüberschwang nicht länger
bezähmen konnte. »Ganz Frankreich befindet sich im
Streik. Die Telefone funktionieren nicht mehr, die Ban-
ken haben dichtgemacht, die Post wird nicht mehr zu-
gestellt, und das Benzin ist praktisch alle. Das ist ein
echter Generalstreik, ein Bündnis von Studenten und Ar-
beitern, eine Einheitsfront gegen den Einheitsfeind. Eine
neue Gesellschaft steht kurz vor ihrer Geburt, Théo, eine
neue Welt! Eine Welt ohne *grands-bourgeois* und *petits-
bourgeois*, ohne *grands-fascistes* und *petits-fascistes*. Eine
Welt, die die müden alten Meister der alten Welt nicht
länger braucht! Kein Leonardo mehr! Kein Mozart mehr!
Kein Shakespeare mehr!«

Er stockte kurz.

»Kein Hitchcock mehr!«

»Niemals!« rief Théo.

Erneut trat eine Pause ein.

»Wart's ab, mein Freund«, murmelte Charles leise.
»Wart's ab.«

Paris glich einem einzigen Volksfest. Michel Foucault trat
als Star des Abends im Amphitheater bei der Metrostation Maubert-Mutualité auf, Sartre an der Sorbonne,
Jean-Louis Barrault und Madeleine Renaud im Théâtre
de l'Odéon, wo sie ihr Publikum zu sich auf die Bühne
baten. Früh bildeten sich Schlangen, gute Karten waren
sehr gefragt, doch oft gab es ohnehin nur Stehplätze.

Alte Damen schütteten kübelweise Wasser aus dem sechsten oder siebten Stockwerk auf die Köpfe der CRS, worauf sie die Fenster schnell wieder schlossen und die Vorhänge mit einem Elan zuzogen, der ihr Alter und ihre Ehrbarkeit Lügen strafte. Mürrische Mütter lauerten während der Demonstrationen in den Kulissen, um ihren halbwüchsigen Sprößlingen, kaum hatten sie sie erblickt, eins hinter die Löffel zu geben und sie nach Hause zu zerren, wobei sie sich taub stellten gegenüber dem altbekannten Einwand, die Schulkameraden dürften doch auch bleiben. Und dabei waren diese Halbwüchsigen nicht einmal die jüngsten Aktivisten. Nach der Relegierung eines Mitschülers vom Lycée Condorcet hatten die Pariser Schüler in einer Abstimmung ihren eigenen Streik ausgerufen. Sie hatten Füllfederhalter und hölzerne Federkästen weggelegt, um an der Seite ihrer älteren Geschwister durch die Straßen der *rive gauche* zu ziehen. »Und was kommt als nächstes?« zeterte ein erboster Leitartikler im *Figaro*. »Müssen wir uns darauf gefaßt machen, bald unsere Abc-Schützen auf den Barrikaden zu sehen?«

Charles erwähnte einen jungen Deutschen namens Daniel Cohn-Bendit.

Dieser Cohn-Bendit trug den Spitznamen Dany le Rouge. Er war der Repräsentant der Straße. Er sprach zur Straße und machte sich zu ihrem Sprecher. Er verzauberte die Straße mit seinem Gesang wie Orpheus die Geschöpfe der Natur. Wo er hinging, folgte die Straße.

Bis dahin hatte die Straße stets ängstlich vor der Schwelle der Häuser haltgemacht. Nun wurde sie in die gleichen Häuser gebeten. Die Straße trat ein und machte es sich gemütlich. Und eines Tages, sagte Charles, eines Tages würde die Assemblée Générale von sämtlichen Pariser Straßen belagert werden, worauf Dany le Rouge Einzug hielte, auf den Schultern getragen von seinem Straßenhof, ja Straßengefolge, das von ihm ausstrahlte wie von einem menschlichen Arc de Triomphe.

Théo hatte es die Sprache verschlagen. Das ganze Land war auf den Kopf gestellt worden, ohne daß er etwas davon mitbekommen hatte. Und nun begriff er auch, weshalb sie niemand aus Trouville angerufen hatte, weshalb der Dichter und seine Frau nicht zurückgekehrt waren, weshalb ihre Tante im *Nègre Bleu* aufgehört hatte, sich um ihr Wohl zu kümmern, und weshalb sie so lange in ihrer Mißwirtschaft aus Isolation und Chaos hatten leben können.

Da das Café inzwischen überfüllt und die Luft zum Schneiden war, traten sie ins Freie. Der Regen trommelte schräg aufs Pflaster, und in ihrer gekrümmten Haltung wirkten die vier wie Zirkusclowns in Bleischuhen.

»Ihr gehört alle umerzogen«, sagte Charles und fügte die rätselhaften Worte hinzu: »Kommt mit zu Maspéro.«

»Wer oder was ist Maspéro?« wollte Isabelle wissen, während sie sich ihre letzte Zigarette anzündete und dabei die Flamme mit beiden Händen vor dem Wind abschirmte.

»Ihr seid ja tatsächlich Marsmenschen! Kommt schon, ich zeig's euch.«

Maspéro lag nur wenige Schritte entfernt in der Rue

Saint-Séverin und entpuppte sich als eine Buchhandlung, über deren Eingang *La Joie de Lire* stand.

Drinnen waren die Wände, wie schon in der École de Médecine, mit Manifesten vollgekleistert, daneben aber auch mit Plakaten, auf denen hochgereckte Fäuste Bomben und Rosen umklammerten. Glanzstücke der Sammlung waren drei Siebdrucke von Che Guevara, Mao Tsetung und Ho Chi Minh.

Mit seinen symmetrischen Gesichtszügen, die bloß die Leerstellen zwischen den pechschwarzen Locken, der schwarzen Mütze, den buschigen schwarzen Augenbrauen und dem noch buschigeren schwarzen Bart füllten, erinnerte der erste an den Tintenklecks eines Rorschachtests. Der zweite hatte die glänzende, rätselhafte Miene eines Eunuchen. Beim dritten mußte man angesichts der Wangenknochen und des mandarinartigen Spitzbärtchens unwillkürlich an eine jener kuriosen Figuren denken, die man von Rex-Whistler-Karikaturen kennt: Auf den Kopf gestellt, enthüllen sie ein zweites, wenn auch nicht ganz so überzeugendes Gesicht.

La Joie de Lire wurde von den Kunden offenbar eher als Bibliothek denn als Laden angesehen. Das zerfledderte Sortiment – wild über die Tischplatten verteilt oder in die weißen Holzregale gestopft – wurde von den gleichen jungen Leuten gelesen, die vor einer guten Stunde noch auf der Straße demonstriert hatten. Sie standen gegen die Wände gelehnt oder hockten auf dem nackten Fußboden, wobei niemand auch nur im Traum an einen Buchkauf zu denken schien. Selbst der Verkäufer, der mit den Füßen auf dem Ladentisch so weit nach hinten schaukelte, daß der Stuhl beinahe umkippte, las seelenruhig Rosa Luxemburg.

In einer Ecke stand eine Gruppe lateinamerikanischer Studenten. Als Lateinamerikaner wiesen sie sich schon durch die glutvolle Selbstsicherheit aus, mit der sie ihre Mützen à la Che trugen, aber auch durch ihre Nagelschuhe mit Gamaschen, die in der komplizierten Art von Schifferknoten verschnürt waren, sowie durch ihre revolutionären Großmutterbrillen. Sie rauchten winzige Zigarillos, die schief und feucht von ihren Lippen hingen, einen beißenden Geruch verströmten und nach jedem Zug neu angezündet werden mußten. Mit ihren Zapata-Schnurrbärten, welche so falsch aussahen wie die von Kindern auf Reklametafeln gemalten, gaben sie sich als politische Flüchtlinge zu erkennen. Das Absurdeste an ihnen aber waren ihre Tarnanzüge.

Charles nahm nun mechanisch Bücher von den Tischen, als kaufte er im Supermarkt ein. Diese Bücher waren kompakte kleine Dinger, die mit ihren knalligen rot-weißen Umschlägen an winzige revolutionäre Flugschriften erinnerten. Die vornehme Ruhe in der Bibliothek des Dichters wäre von ihnen empfindlich gestört worden. Dieser hätte solch billige Taschenbücher bestimmt mit der kalten Verachtung des Kunstsammlers gegenüber Reproduktionen gestraft. Er wäre erschauert angesichts der Fußnoten, die vom Ende jeder Seite wie Quecksilber in einem Fieberthermometer hochkrochen.

»Lest die da«, sagte Charles. »Vielleicht begreift ihr dann, wie und warum sich die Welt im Umbruch befindet.«

Isabelle drehte sie in der Hand um.

»Und wo ist *Das Kapital*? Sollten wir uns nicht eher am *Kapital* versuchen?«

»*Le Capital*« – für Charles, den wahrhaft Eingeweihten, existierte das Werk bereits in seiner eigenen Sprache – »ist die Bibel. Einer der großartigsten Texte, die je in Buchform erschienen sind. Doch als Einstieg ist es viel zu kompliziert. Ihr müßt euch zuerst das Recht erwerben, es zu lesen.«

»Und wie sollen wir diese Bücher bezahlen?« fragte Théo. »Wir sind blank, ist dir das noch nicht aufgefallen?«

»Nehmt sie einfach mit. Hier machen das alle so. Zahlt, wenn ihr könnt. Falls ihr könnt.«

Nachdem sie die Buchhandlung verlassen hatten, spazierten sie den Boulevard Saint-Michel entlang. Auf der Höhe des Boulevard Saint-Germain schwebte über der Kreuzung ein aschgrauer Rauchschleier und schien unschlüssig, in welche Richtung er sich verziehen sollte.

Sie redeten. Das heißt, eigentlich redete nur Charles.

Gäbe man seinen naiven Glauben an den Volksaufstand im Detail wieder, klängen seine Ausführungen banal, doch genau das waren sie nicht, denn das Sprechen über die Veränderung der Welt ist selbst ein Mittel, durch das sich die Sprechenden verändern. Und ohne zu wissen, wie ihnen geschah, fühlten sich Théo und seine Schwester abermals von einer Sache, einem Zauber, einer aufregenden neuen Droge in den Bann gezogen. Für Süchtige wie sie bedeuteten diese Ausdrücke inzwischen alle dasselbe.

Und Matthew? Wie die Augen der Madonna in der Avenue Hoche standen auch die seinen offen und wirkten doch so geschlossen, daß sie sich unmöglich ausloten ließen.

Es war genau halb fünf, als sie in Saint-Germain-des-Prés den Drugstore erreichten, der auf dem grauen Boulevard wie eine Oase aus Wärme und Licht erstrahlte.

»Gibst du mir etwas Kleingeld, Charles?« bat Isabelle. »Ich möchte mir Zigaretten kaufen.«

Der Drugstore wurde auf der einen Seite von einer Drogerie mit dem bekannten grünen Neonkreuz einge-faßt, auf der anderen, der Brasserie Lipp zugewandten Seite von einem *café tabac,* vor dem ein roter Gegen-stand, wahrscheinlich ein auf dem Kopf stehender Feuer-löscher, hing. Zwischen diesen Etablissements und vor einer verglasten Terrasse, auf der junge Kellner in karier-ten Blazern Bananensplit und Pêche Melba servierten, patrouillierte teils verstohlen, teils unverfroren eine Schar Strichjungen, in die neueste Mode des ältesten Gewerbes gehüllt.

Sie überquerten den verlassenen Boulevard.

Während Isabelle Zigaretten kaufte, betraten die anderen den Drugstore. Links führte eine Treppe zu einem Restaurant hoch, von deren Tischen, gruppiert um eine kleine, kreisförmige Galerie, man das Parterre überblicken konnte. An den Wänden hingen riesige Lip-penpaare aus Bronze – von Bardot, Deneuve, Elsa Mar-tinelli. Noch weiter links führte ein zweiter Aufgang in ein fast identisches Restaurant. Dahinter stieg man über eine dritte Treppe hinunter in eine Boutique im Souter-rain, wo allerlei Schnickschnack zur Besänftigung aufge-peitschter Nerven feilgeboten wurde: eine an einer Rolle befestigte Reihe von Stahlkugeln, die wohlklingend gegeneinander klackten, wenn man sie anstieß; ein auf ein hydraulisches Gestell montiertes und mit Quecksilber gefülltes rechteckiges Glasgehäuse, in dem nach Betätigung eines Hebels Hokusais Welle zu rollen begann.

Obwohl vor der verglasten Terrasse eine Wagenkolonne der CRS die Aussicht auf den Boulevard versperrte, verzehrten die Gäste des Drugstore ihre Gerichte – Cheeseburger, Salade niçoise oder Osso bucco –, als wäre alles in bester Ordnung und dies irgendein Monat Mai, nur nicht der aktuelle. Die Männer trugen italienische Sakkos mit langem Rückenschlitz und offene Hemden mit Rüschenmanschetten und breitem, spitz über dem Revers auslaufendem Kragen. Als sich einer von ihnen erhob, leuchtete ein winziges Goldkruzifix auf. Die Frauen trugen Kettchen, Amulette, Armreifen, Kolliers und Ohrringe und verwandelten mit ihrem Kuhglockengeläut den Drugstore in eine Alpweide.

Charles musterte sie alle angewidert. Er sah sie bereits einem Exekutionskommando gegenüber, nachdem man ihnen die Kruzifixe vom Hals gerissen und die Kuhglocken endgültig zum Verstummen gebracht hatte. »Das sind die *petits-fascistes*, von denen ich euch erzählt habe«, murmelte er. »Die gehören alle auf den Müllhaufen der Geschichte.«

Als Isabelle wieder zu ihnen stieß, fragte Théo gerade Charles, ob sie bei ihm übernachten dürften. Ohne daß sie ihr Unbehagen artikuliert hätten, wußten sie, daß an eine Rückkehr in die Wohnung an der Place de l'Odéon vorläufig nicht zu denken war, jene Wohnung also, die bis zu diesem Vormittag hermetisch von der Außenwelt abgeriegelt gewesen war.

Charles willigte ohne Nachfragen oder Vorbehalte ein. Allerdings machte er sie darauf aufmerksam, daß er nur kurz nach Hause gehen würde, um zu duschen und sich umzuziehen, da er schon um sechs auf der Place Denfert-Rochereau sein müsse. Nachdem die Fakultät Nanterre den Betrieb wieder aufgenommen hatte, wollten die dortigen Studenten den Sieg, mochte er auch nur von kurzer Dauer sein, mit einer Demonstration feiern, die sich über ganz Paris erstrecken sollte. Der Feuerwechsel vom selben Tag war nur eines der Vorgefechte gewesen.

Eigentlich hatte man zum Fernsehstudio ziehen wollen, um die Berichterstattung über die Krawalle anzuprangern, und anschließend im Schweigemarsch weiter zum Palais de Justice, um gegen die staatliche Willkür zu protestieren, aufgrund derer Dutzende von Kommilitonen hinter Schloß und Riegel saßen. Doch der Polizeipräfekt hatte umgehend angeordnet, daß sämtliche Demonstrationen auf das Ghetto des Quartier Latin einzudämmen seien. Falls er mit dieser Kriegslist dem Protest den Wind hatte aus den Segeln nehmen wollen, war ihm das gründlich mißglückt. Die Verfügung wurde nämlich als Aufruf interpretiert, dem auch Charles auf der Place Denfert-Rochereau Folge leisten wollte.

Er lebte unweit des Eiffelturms in einer Zweizimmerwohnung im dritten Stock, die er billig hatte mieten können, da sie im Treppenschacht eines Innenhofes lag und so finster war wie eine Kellerwohnung. Théo hatte sich bereits im Gästezimmer hingelegt, das wie ein Schlafsaal mit Matratzen bedeckt war. Daneben gab es nur noch zwei Einrichtungsgegenstände: eine vergrößerte und gerahmte Illustration aus einem Jules-Verne-Roman, auf der ein Mann mit Bart und Kneifer einem jüngeren, bartlosen Mann in der üppigen Waldlandschaft einer Sternwarte mit Kristallkuppel einen Halbmond von enormer Helligkeit zeigte, versehen mit der Bildunterschrift *La lune! dit le docteur;* und ein Aquarium von solch undurchdringlicher Düsternis, daß sich dessen Bewohner (immer vorausgesetzt, es gab welche, denn zu sehen waren sie nicht) einbilden konnten, in den trübsten Tiefen des Ozeans zu schwimmen, da Charles seit Wochen nicht mehr dazu gekommen war, das Wasser zu wechseln.

Sie betraten die Wohnung kurz nach halb sechs. Da ihnen erst jetzt wieder auffiel, wie hungrig sie waren, plünderten sie sogleich den Kühlschrank und verschlangen Salami, Käse und ein Körbchen voll Radieschen. Auf dem Weg unter die Dusche warf Charles seinem Gästetrio einen Blick über die Schulter zu.

Matthew saß in einer Ecke des Zimmers, sein Kinn streifte die Knie, und das M seiner Oberlippe war mit einem marmorweißen Kamm versehen, als hätte er Milch aus dem Karton getrunken. Seine Unterlippe bildete eine Wellenlinie, wie Kinder sie zeichnen, wenn sie eine Möwe im Flug darstellen wollen. Isabelle lag ausgestreckt auf Charles' ungemachtem Bett; symmetrische Stirnlocken umrahmten ihr Antlitz wie die Vorhänge eines Puppentheaters, und ihre Augenbrauen glichen zwei schwarzen Federn. Théo saß zusammengesunken in einem großen Knautschsessel.

»Was ich noch fragen wollte«, sagte Charles schließlich, »wo wart ihr denn nun?«

Zunächst schwiegen alle, doch dann antwortete Isabelle. Indem sie just die Geste des darauf abgebildeten

Astronomen nachahmte, zeigte sie auf die Jules-Verne-Illustration.

»Dort. Auf dem Mond.«

Am frühen Abend, um halb sieben, begannen die Demonstranten auf der Place Denfert-Rochereau über den Löwen von Belfort zu steigen.

Mit dem Ruf »Befreit unsere Genossen!« zogen sie über den Boulevard Arago und am Santé-Gefängnis vorbei. Hinter den vergitterten Fenstern winkten ihnen die Insassen, unter denen sich vermutlich keine Studenten befanden, mit unsichtbaren Taschentüchern zu.

Auf der Kreuzung von Boulevard Saint-Michel und Boulevard Saint-Germain hatten CRS-Einheiten eine Straßensperre errichtet. Diese schnitt auf der einen Seite den Weg zur Place Saint-Michel und zu den Seinebrücken ab, auf der anderen jenen zum Boulevard Saint-Germain. Deshalb sahen sich die Demonstranten gezwungen, in die Rue Gay-Lussac und auf die Place Edmond-Rostand auszuweichen, welche spitz aus dem Boulevard ragte wie die Nase der berühmtesten Figur dieses Dramatikers.

Im Laufe des Abends schritt die Besetzung des Quartier Latin immer weiter voran. Während die Mehrheit der Demonstranten von den Polizisten zwischen Edmond-Rostand und Gay-Lussac eingekesselt wurde, besetzten andere klammheimlich die angrenzenden Straßen und Plätze, die Rue Saint-Jacques, die Rue du Panthéon, die Rue de l'Estrapade und die Place de la Contrescarpe. Und aus Geländern, Gittern und Pflastersteinen wurden die ersten Barrikaden errichtet.

In der Rue de l'Estrapade war ein leerer einstöckiger

Omnibus umgekippt worden. Er streckte die Räder in die Luft wie ein totes Tier seine steifen Pfoten, und die Passanten zeigten sich – als hätten sie einen gefällten Baum vor sich – erstaunt darüber, was für ein Mordsding so ein Omnibus doch war, wenn man ihn aus derart ungewohnter Perspektive betrachtete.

Um zehn Uhr zog sich ein verschachteltes Barrikadenlabyrinth von der Place Edmond-Rostand im Norden bis zur Rue d'Escarpes im Osten und von der Kreuzung zwischen der Rue d'Ulm und der Rue Gay-Lussac im Süden bis zum Lycée Saint-Louis im Westen. Leider waren diese Barrikaden, die man auf einem Stadtplan leicht mit Brücken hätte verwechseln können, genau das Gegenteil von Brücken. Falls eine von ihnen durchbrochen wurde, hätten die anderen, wie die Schotten eines Schiffs, den Schaden gering halten sollen. In Wirklichkeit aber machten sie jeden Fluchtversuch unmöglich, da sie zugleich als Waffenarsenale herzuhalten hatten. Im Falle einer Attacke mußten die Demonstranten – deren modernste Angriffsmittel genau jene Gitter und Pflastersteine waren, die auch ihre einzige Verteidigung darstellten – buchstäblich ein Loch mit einem anderen stopfen.

Um Viertel nach elf erklärte der Polizeipräfekt, dem man einen ganzen Strauß Mikrofone unter die Nase hielt, im Fernsehen geduldig, auch er sei einmal jung gewesen und als Student von der Polizei verprügelt worden, weshalb er Verständnis, ja sogar Sympathie für die Motive der Studenten habe. Es gebe aber Grenzen, und diese seien nun erreicht.

Dann wandte er sich direkt an die Demonstranten und verwendete einen jener Euphemismen, die sich noch grimmiger anhören als das, was sie bemänteln sollen: Falls das Quartier Latin bis Mitternacht nicht geräumt sei, habe er vom Innenminister Anweisung, dieses »auszumisten«.

Um halb eins stand die Maginotlinie der Barrikaden so unverrückbar wie eh und je, so daß man die Anweisungen des Ministers an die CRS weiterleitete.

In diese verwüstete Szenerie – die paradoxerweise nicht nur mondartig, sondern auch mondbeschienen wirkte und mit ihren kreuz und quer verteilten Barrikaden aus der Vogelperspektive geradezu wie ein Schachbrett aussah – traten nun also Théo, Isabelle und Matthew.

Von Charles' Wohnung aus (er selbst war schon zwei Stunden früher aufgebrochen) waren sie die Uferpromenade der *rive gauche* – Quai d'Orsay, Quai Voltaire und Quai de Conti – entlanggegangen, um schließlich in die Rue Saint-Jacques einzubiegen, an deren unterem Ende sie ein paar Minuten stehenblieben. Es roch beißend nach Tränengas. Die Straßenlampen hatten einen lila Hof. Die abweisenden Häuser mit ihren geschlossenen Fensterläden wirkten so fremd wie die einer Stadt – Zürich oder Barcelona zum Beispiel –, in die man zum erstenmal kommt. Als sie sich dem Getümmel näherten, stand über ihnen ein mit zeppelinschweren Rauchwolken durchzogener blutroter Himmel. Immer wenn eine Leuchtkugel in die Höhe schoß und in einer Funkenkaskade herunterfiel, geriet – sozusagen exklusiv für die drei – irgendein Akt individueller Tapferkeit und Aufopferung ins Rampenlicht: ein junges Mädchen, das mit den Fäusten auf die Brust eines Polizisten eintrommelte, der ihrem Gefährten die Fingerknöchel zerschmettert hatte, oder ein älterer Anwohner, der in Strickjacke und Pantoffeln auf die Straße eilte, um einer Gruppe von Demonstranten dabei zu helfen, sein eigenes Auto umzukippen.

Sie setzen ihren Weg fort.

Schließlich erreichten sie auf wundersam verschlungenen Wegen die Barrikade auf der Place Edmond-Rostand, indem sie vom linken zum rechten Trottoir und wieder zurück sausten, sich in verlassene Hauseingänge duckten und über Straßen und Plätze flitzten – Théo vorneweg, Isabelle und Matthew dicht dahinter, genau wie damals, als sie durch die Korridore und Säle des Louvre geflitzt waren, als wäre jenes Wettrennen die Generalprobe für dieses gewesen. Unter dem Kreuz einer weiteren Drogerie lehnten sie sich gegen eine mit Holzkisten unterlegte fleckige Matratze, aus der gelblichweiße Wollfetzen quollen wie weiße Haarbüschel aus dem Ohr eines alten Mannes. Ein Schattenspalier faßte die rauchumwölkten Augen der Kauernden ein.

Das Licht der CRS-Lampen besprenkelte Mauern, Barrikade und die Gesichter dahinter mit Sternen, Lichthöfen und Schneekleksen. Hier und da stach ein Bild, ein Bildausschnitt oder auch nur ein winziges Detail willkürlich heraus, ein aufgesperrter Mund, ein notdürftig bandagierter Unterarm, ein verstohlener Kuß, ein Finger – doch wohin mochte er nur zeigen, auf was, auf wen? Geräusche waren zu hören, ein rauhes Lachen, ein herausgebrülltes »CRS-SS! CRS-SS!« oder »De Gaulle Ass-ass-in! De Gaulle Ass-ass-in!«, doch im Grunde klang das alles bloß wie ein schlecht synchronisierter Film.

Stunden verstrichen – so jedenfalls schien es.

Drei-, vier-, fünfmal versuchten die Polizisten die Linien zu durchbrechen, um drei-, vier-, fünfmal zurückgeschlagen zu werden. Tränengaskartuschen flogen über die Barrikade, und Visiere wurden hochgezogen. Anwohner öffneten die Fenster über den Köpfen der Demonstranten und warfen zu deren Schutz Handtücher hinunter, gingen Becken und Kannen füllen und kehrten auf den Balkon zurück, um sie auf die Straße zu kippen, da eiskaltes Wasser die Wirkung von Tränengas mildern soll.

Eine junge Schwarze wurde wenige Schritte von der Place de l'Odéon entfernt unter einer Straßenlampe, die ihre Füße mit einem Hof umgab, von einem Polizistentrio ins Verhör genommen. Während sich zwei von ihnen in die hohlen Hände bliesen und die Arme um den Leib schlugen, um sich warm zu halten, stieß der dritte die Frau unablässig gegen den Gitterzaun des Jardin du Luxembourg. Immer wenn der Kopf der jungen Frau an das Gitter schlug, zählten die drei im Chor: »*et trois ... et quatre ... et cinq ... et six ...*«

Schließlich streifte die bis aufs Blut gereizte Frau ihren Handschuh ab und kerbte mit langen, lackierten Fingernägeln vier parallele Schrammen in die Wange ihres Peinigers, Schrammen, die so tief waren, daß man sie praktisch bis zur Barrikade auf der anderen Seite des Platzes sehen konnte.

Der Polizist schrie vor Schmerz auf. Sacht fuhr er sich mit dem Finger über die Schrammen und betrachtete das Blutströpfchen auf seiner Fingerspitze. »Salope!« brüllte er die junge Frau an und versetzte ihr mit dem Gewehr einen üblen Schlag in den Unterleib. Sie schwankte, kreischte und winselte wie ein weidwundes Tier, um dann auf das Trottoir zu torkeln, ein Bein, im Netzstrumpf steckend, grotesk über dem anderen angewinkelt, als wäre sie eine Katze, die sich säubert.

Das war zuviel für Théo. Ohne sich länger um die vorbeifliegenden Raketen, Leuchtkugeln und Tränengaskartuschen zu scheren, stand er auf und rannte zum Ort des Geschehens. Im letzten Moment warf der Polizist seinen Kopf herum. Théo stieß ihm das Knie so heftig zwischen die Beine, daß er unter seiner Kniescheibe nur noch Matsch zu spüren glaubte.

Das Gesicht des Polizisten verlor an Konturen, bis es wie ein zerknülltes Blatt Papier aussah.

Doch dann zögerte Théo einen fatalen Moment. Er wußte nicht, was er als nächstes tun sollte. Eigentlich hätte er im Zickzack durch die Rue Médicis laufen, sich in eines der Häuser in seinem Rücken flüchten oder über das Geländer in den Jardin de Luxembourg klettern sollen, um durch das Südtor zu entkommen. Statt dessen stand er weiterhin wie angewurzelt da, als wollte er Zenons Paradoxie verkörpern, und wartete buchstäblich darauf, daß ihn die beiden Polizisten festnahmen, die nur ein paar Schritte von ihm entfernt waren. Kurz darauf warfen sie ihn tatsächlich zu Boden, und er hielt sich schützend die Hände vor den Unterleib, während ihre Gummiknüppel auf ihn eindroschen.

Hinter der Barrikade schlug sich Isabelle die Hände vors Gesicht. Ohne Rücksicht auf die Gefahren, denen sie sich aussetzte, bahnte sie sich einen Weg über den Gipfel der Barrikade, stolperte, stürzte, schlug sich Knie,

Knöchel und Handrücken auf, rutschte auf der anderen Seite hinunter und eilte ihrem Bruder zu Hilfe.

Matthew war allein. Sein Herz gab Gas, raste los, verlor die Herrschaft über sich. Er versuchte sich krampfhaft zu konzentrieren. Irgendeine Ablenkung, fuhr es ihm durch den Kopf. Man mißhandelte seine Freunde, traktierte sie mit Schlägen. Gefragt war irgendeine Ablenkung.

Gehetzt suchte er inmitten all der Schatten nach einer Waffe, nach irgendeinem Requisit.

Plötzlich fiel ihm auf, daß Isabelle die rote Fahne umgestoßen hatte, die auf dem Barrikadenkamm zwischen zwei länglichen Eisengitterteilen festgeklemmt gewesen war. Unbeachtet lag sie nun auf den Pflastersteinen, flach und reglos.

Ihm kam die Pasionaria im Dufflecoat in den Sinn. Und diese Erinnerung mobilisierte all den Mut, den er schon die ganze Zeit in sich getragen hatte. Er würde die Fahne noch einmal hochhalten. Er würde für Ablenkung sorgen, damit sich Théo und Isabelle in Sicherheit bringen konnten.

Ohne länger zu zögern, erklomm er die Barrikade, griff nach der Fahne und schwang sie hoch über dem Kopf. Und ohne auch nur zu ahnen, daß das Wort *Fin* auf ihn zuraste wie ein Zug, der aus dem Tunnel kommt, begann er zu singen.

Debout les damnés de la terre!
Debout …

Ein Schuß ertönte.

Matthew verwandelte sich mit der Fahne in der Hand in seine eigene Statue.

Auf der anderen Seite der Barrikade starrte ein CRS-Polizist ungläubig auf seine Schußwaffe. Er hielt sie weit von sich und schien erst jetzt zu begreifen, daß sie geladen war. Er riß sich die Gasmaske herunter. Trotz der Maske standen ihm Tränen in den Augen.

»Ich konnte nicht anders!« rief er. »Ich konnte nicht anders!«

Matthew drehte sich von ihm weg und sackte nach vorn in sich zusammen.

Théo und Isabelle rissen sich von den Polizisten los, die unter dem Bann des Schusses zu stehen schienen, und rannten hinüber zur Stelle, wo Matthew lag, um sich links und rechts von ihm hinzuknien und seinen Kopf in die Arme zu nehmen.

Matthew öffnete den Mund. Die Zunge hing ihm, von Schaum gesprenkelt, schlaff über die Unterlippe.

In seinen verzerrten Zügen konnten sie die schreckliche Wahrheit lesen, daß man nicht nur alleine, sondern *bei lebendigem Leibe* stirbt.

Er versuchte zu sprechen.

Doch selbst im Tod fiel Matthew erst zu spät, viel zu spät ein, was er hatte sagen wollen.

Je älter wir werden, desto weniger Grund haben wir zur Hoffnung oder zum Glück, doch von den Gründen, die uns bleiben, entpuppen sich auch weniger als Illusionen.

Es war ein trockener Abend Anfang Oktober. Ein böiger Wind von der Seine her ließ die Coca-Cola-Flaschen der Rollschuhläufer lustig über die Esplanade du Trocadéro kreiseln, als wären es flache Kiesel auf einem Fluß. Der Eiffelturm funkelte wie eine Neonreklame.

An diesem Abend war die Cinémathèque so voll, daß jene *rats,* die keinen Sitzplatz mehr gefunden hatten, sich trotz der feuerpolizeilichen Vorschriften ausnahmsweise überall hinsetzen konnten, wo es noch Platz gab, sei es auf den Treppenstufen, die in den Kinosaal hinunterführten, oder in den Gängen und auf dem Teppich unter der senkrecht aufragenden Weite der Leinwand. Und selbst die Unglücksraben, die sich hoffnungslos verspätet hatten, standen immer noch gedrängt im Foyer und Treppenhaus, wo sie verzagt mit den Praxinoskopen, Dioramen und Laternae Magicae spielten und darauf spekulierten, daß selbst jetzt noch ein Platz für sie frei werden oder jemand, der bereits saß, einen epileptischen Anfall erleiden könnte.

Angesichts der konzertierten Proteste, die durch die Ereignisse des Frühjahrs noch weiter angeheizt worden waren, hatte sich Malraux schließlich gezwungen gesehen, Langlois erneut als Direktor der Cinémathèque einzusetzen. Diese beiden nationalen Institutionen, Henri

Langlois und die Cinémathèque Française, hatten endlich wieder zusammengefunden.

Als Langlois auf die Bühne der Cinémathèque trat, erhob sich das ganze Haus, um die Heimkehr des verlorenen Sohnes mit spontanem Beifall zu feiern.

Er stellte François Truffaut und Jean-Pierre Léaud vor, Regisseur und Hauptdarsteller von *Baisers volés,* dem Film, der an diesem Abend *en avant-première* lief. Auch sie erhielten Applaus. Und schließlich erloschen im Saal langsam die Lichter, während sich die Vorhänge widerwillig aus ihrer Umarmung lösten.

Alle staunten, als sie in der ersten Einstellung des Films die Avenue Albert-de-Mun und den parallel dazu verlaufenden Pfad sahen, der in den Park der Cinémathèque führt. Über diese Einstellung wurde eine Widmung in Truffauts Handschrift geblendet: »*Baisers volés* est dédié à la Cinémathèque Française d'Henri Langlois.« Nun folgte ein langsamer Schwenk zum Eingang der Cinémathèque, und anschließend fuhr die Kamera auf das Gitter mit dem Vorhängeschloß und dem dort befestigten *Fermé*-Schild zu. Diese Anspielung wurde mit einer Beifallssalve aufgenommen, und durch den Saal ging eine kurze Aufwallung der Gefühle. Ein paar Zuschauer erhoben sich erneut von ihren Sitzen und jubelten. Andere weinten.

Auf der Tonspur, die den Vorspann begleitete, konnte man die Stimme von Charles Trenet hören.

Ce soir le vent qui frappe à ma porte
Me parle des amours mortes
Devant le feu qui s'éteint.
Ce soir c'est une chanson d'automne
Devant la maison qui frissonne
Et je pense aux jours lointains.

Que reste-t-il de nos amours?
Que reste-t-il de ces bons jours?
Une photo, vieille photo
De ma jeunesse.

Que reste-t-il des billets-doux,
Des mois d'avril, des rendezvous?
Un souvenir qui me poursuit …
Un souvenir qui me poursuit …
Un souvenir qui me poursuit …
Un souvenir qui me poursuit …
Un souvenir qui me poursuit …

Hatte die Platte einen Sprung?

Wenn ja, dann höchstens für zwei Zuschauer im Saal. Sie saßen in der vordersten Reihe und hörten Trenet wie ihre Sitznachbarn mit glänzenden Augen zu. Als ihre Tränen aber endlich flossen, entsprangen sie einer ganz anderen Quelle.